Medizynicus

...Leben retten und so...

Geschichten aus dem Kreiskrankenhaus Bad Dingenskirchen

Erste Auflage 2007
© 2007 Medizynicus
medizynicus@gmx.net
Herstellung und Verlag: Books on Demand GmbH, Norderstedt
Alle Rechte vorbehalten, insbesondere das der Übersetzung, des öffentlichen Vortrags sowie der
Übertragung durch Rundfunk und Fernsehen, auch einzelner Teile.
Druck: Book On Demand
Printed in Germany
ISBN: 9783837005547

1.)

Die süße Blondine lächelt verführerisch.

Der Mann am Klavier klimpert das Lied aus ,Casablanca' und ich nippe an meinem Martini. Ich schau Dir in die Augen, Kleines!

„Was machst'n Du so beruflich?" fragt sie.

„Menschen helfen. Leben retten und so!" sage ich.

„Ach echt?"

Ich grinse breit. Ich bin toll. Ich bin stark. Ich bin wichtig.

„Ich bin Arzt!"

Ganz betont beiläufig bringe ich diesen Satz heraus. Sie kichert ein wenig und lächelt noch verführerischer.

„So richtiger Arzt?" fragt sie.

„Vertrau mir..."

Ich lege meinen Arm um ihre Schulter und will sie küssen. Just in dem Moment klingelt das Telefon. Es klingelt ziemlich laut und ziemlich lang und ziemlich dämlich.

„Ja?"

Ich reibe mir die Augen.

Ich bin aufgewacht und liege auf dem unbequemen Schlafsofa im Dienstzimmer des Kreiskrankenhauses Bad Dingenskirchen.

„Arbeit für Dich!"

„Was denn?"

„Häuslicher Sturz, Verdacht auf Apoplex!"

Ich fluche.

„Stabil?"

„Geht so. Komm besser gleich!"

Vertrau mir, ich bin Arzt! Gerne hätte ich weitergeträumt. Aber die kleine Blonde hat sich inzwischen längst von mir abgewandt. Ob sie ihr Bett wohl heute Nacht mit einem Anderen teilen wird? Vielleicht mit meinem Sachbearbeiter vom Finanzamt? Der kann ihr dann auch erklären, warum ich ihr keinen Brillantring an den Finger stecken konnte, selbst im Traum nicht.

Gähnend stehe ich auf, ziehe den weißen Kittel über und gehe hinunter zur Aufnahmestation.

„Kabine Eins!" schnarrt Schwester Anna.

Ich öffne die Schiebetür. Eine Wolke schlägt mir entgegen.

Urin, männlicher Schweiß, ungewaschene Klamotten, Kot, abgestandener Zigarettenrauch, schales Bier und eitrige Wunden. Das übliche Aroma.

Im Zentrum der Duftwolke liegt ein ausgemergeltes Bündel aus Haut und Knochen, schätzungsweise achtzig Jahre alt, auf dem Kopf ein paar schüttere Haare.

„Schönen guten Abend. Wie geht's Ihnen denn?"

Grummelgrummel.

Immerhin, grummeln kann er noch.

Zitternd und zusammengekrümmt liegt er auf der Trage.

Sein linker Arm hängt schlaff herunter, ebenso der linke Mundwinkel. Daraus rinnt Speichel aufs Kissen.

Wohl kleinen Schlaganfall gehabt, Alterchen, was?

Also die übliche Routine: Blut abnehmen, Kanüle legen, Infusion anhängen, kurz auf Herz und Lunge hören, dann Röntgen und EKG.

Ich gehe nach nebenan um die Papiere fertig zu machen.

Der Geruch geht mir nicht aus der Nase.

„Sonst noch was?"

„Alles ruhig!" sagt Schwester Anna.

„Wie spät ist es denn?"

„Gleich halb eins."

Halb eins, Polizeistunde. Jetzt hat auch die letzte Bad Dingenskirchener Kneipe ihre Türen geschlossen. Noch möglich, dass sich der eine oder andere Betrunkene auf dem Heimweg den Fuß verstaucht. Gelegentlich gibt's auch eine Prügelei, aber das ist zum Glück eher selten.

Ab und zu kommen ein paar Obdachlose vorbei. Man kennt sich. Mit den meisten von denen, die am Bahnhof herumhängen bin ich längst per Du.

Alle Anderen liegen jetzt hoffentlich daheim in ihren Bettchen und träumen süße Träume. Und wir atmen auf und stoßen mit Mineralwasser an. Gesegnete Nachtruhe allerseits!

Unser Lokal hat die ganze Nacht geöffnet. Bei uns ist jeder willkommen, egal ob auf Kasse oder privat.

2.)

Ich klopfe ans Glas.

Der Smalltalk erstirbt. Alle schauen mich erwartungsvoll an.

Noch ein Schluck Wein zur Stärkung, dann zupfe ich meine Krawatte zurecht und stehe auf.

„Liebe Kommilitoninnen und Kommilitonen!"

Der Raum ist stilvoll geschmückt, die Tische weiß gedeckt und Kerzen drauf. Kurzer Blick in die Runde: Wir haben uns schick gemacht: Die Jungs in dunklem Jackett und die Frauen im Kostüm.

Aber warum soll ausgerechnet ich die Tischrede halten? Eine verdammt blöde Idee war das. Rhetorisch bin ich in etwa so begabt wie ein taubstummer Fisch im stillsten Winkel des Stillen Ozeans und ungefähr da wäre ich jetzt auch am liebsten.

„Liebe Kommilitoninnen und Kommilitonen, seit heute sind wir keine Studenten mehr!"

Heute früh, als ich mit einem gehörigen Brummschädel aufgewacht bin, die Gardinen zurück gezogen und hinaus in die strahlende Frühlingssonne geblinzelt habe, da war ich plötzlich Arzt.

Draußen zwitschern die Vögel, duften die Blumen und strahlt die Sonne . Drinnen gluckert meine Kaffeemaschine und der Schreibtisch ist immer noch vollgeräumt mit Lehrbüchern. Erst mal duschen und Zähneputzen. Und jetzt weg mit den Büchern! Das Examen ist vorbei. Kein Zittern und keine Magenschmerzen mehr, alles überstanden, zwar ohne Glanz, aber wenigstens nicht durchgefallen.

Ich nehme die Kaffeetasse und setze mich ans Fenster. Draußen gehen Leute vorbei und schauen zu mir hoch. Ich winke ihnen freundlich zu.

Ich bin Arzt!

Ich kann es kaum glauben. Sechs Jahre Studium. Monatelange Examensvorbereitungen. Auswendiglernen. Lange Nächte am Schreibtisch, lange Tage in der Bibliothek. Warten auf die Vorladung zur Prüfung. Mit zitternden Händen öffne ich schließlich den Briefumschlag.

Was zieht man zu einer Examensprüfung an?

Anzug und Krawatte. Habe ich nicht. Also leihe ich mir einen Nadelstreifenfummel und vor dem Spiegel erkenne ich mich selbst nicht mehr.   Muss wohl eine verhältnismäßig lächerliche Figur machen.

Aber dann geht alles ganz schnell:

„Guten Tag, Herr Kollege..."

Noch bin ich ja gar kein Kollege. Aber sie reden einen immer mit „Herr Kollege" an, wohl um zu suggerieren, dass man auf dem Wege ist, die ersten Weihen des medizinischen Adelsstandes in Empfang zu nehmen.

„Herr Kollege, dann erzählen Sie uns doch einmal bitte..."

Auf das gegebene Stichwort hin sollte man wortreich lossprudeln und möglichst viele von den auswendiggelernten Weisheiten von sich geben, in allen Details, und vor allem so tun als wisse man noch viel, viel mehr. Dann weitersprudeln, bis sie einen unterbrechen und auf die nächste Frage hin dasselbe Spiel, so lange bis es ihnen endlich reicht:

„Danke, Herr Kollege, wenn Sie nun bitte draußen warten würden..."

Bange Minuten vor der Tür.

Wenn sie einen wieder hereinbitten, dann lächeln sie und es heißt: „Herzlichen Glückwunsch, Herr Kollege...“

Ich fühle mich wie Napoleon, der gerade eine Schlacht gewonnen hat.

Das war gestern. Nur wenig mehr als vierundzwanzig Stunden her.

„Liebe Leute,“ sage ich und klopfe noch einmal ans Glas, „Ich will mich kurz fassen...“

Ich schau zu Marion hinüber. Wir kennen uns seit dem ersten Semester. Sie war es, die mich gebeten hatte, diese Rede zu halten. Jetzt strahlt sie mich an.

„Also, liebe Leute, das Studium liegt jetzt hinter uns, und ich denke, es war eine schöne Zeit!“

Zustimmendes Raunen im Saal.

„Wir alle, wir haben eine Menge erlebt zusammen: Haben zusammen in Hörsälen gesessen und am Seziertisch gestanden, haben vor Prüfungen gezittert und uns durchgemogelt... haben gemeinsam gefeiert, aber manchmal waren wir auch mies drauf. Haben oft genug Frust gehabt und gelegentlich gab's 'ne Menge spannender Gruppendynamik.“

Als ich Marion damals vor vielen Jahren kennen lernte, fand ich sie langweilig: so ein Mädchen aus gutem Hause, welches nach einem guten Abitur dann zügig, erfolgreich und mustergültig Medizin studiert. In meinen Augen war sie von Anfang an der Prototyp einer künftigen erfolgreichen Kinderärztin.

„Tja, und jetzt haben wir es geschafft. Schön für uns. Aber was kommt danach? Ich gehe mal davon aus, dass Ihr alle Euch darüber so eure Gedanken gemacht habt...“

Ich mache eine Kunstpause.

„Was erwartet uns nach dem Studium?“ frage ich.

Ich habe Marion nicht nach der Note gefragt, aber die war bestimmt hervorragend.

Marion ist eher zierlich gebaut, schlank und von der Kleidung her Öko ohne schlampig zu sein. Anders gesagt: Sie lässt sich nicht von der Mode vorschreiben, was man nun gerade anzuziehen hat. Sie trägt eine relativ unauffällige Brille, unauffällige Ohrringe und wenn sie sich schminkt, dann sehr, sehr dezent. Oder auch gar nicht, ich kenne mich da nicht so aus. Vom Typ her ist sie jemand, der sich einfach nicht zu schminken braucht. Sie spricht mit leichtem norddeutschen Akzent und das macht sie noch sympathischer.

„Also gut,“ fahre ich fort, „Spätestens jetzt wird es allerhöchste Zeit, sich mal ein paar Gedanken über seine Zukunft zu machen. Hatten wir nicht alle einmal Träume? Gutes tun, Menschen helfen und so...“

Wovon mag Marion wohl träumen? Von Karriere und einem guten Job oder von zwei Kindern und einem Häuschen im Grünen? Oder gar davon, Familie und Job unter einen Hut zu bringen? Was auch immer: ich gehe davon aus, sie weiß ziemlich genau, was sie will.

„...aber zunächst erzähle ich Euch meinen Alptraum!“

Ich sehe zu Uwe hinüber. Auch Uwe hat gerade sein Examen bestanden, aber ohne das Ergebnis zu wissen bin ich mir sicher, dass es nicht ganz so gut ausgefallen ist wie das von Marion. Das war schon beim Abitur so: damals war er um einige wenige Zehntelnoten schlechter. Ich will ihm nicht Unrecht tun, auch er hat strebsam und zügig studiert.

Vor allem ist er fleißig. Wahnsinnig fleißig und dazu ehrgeizig. Wie die meisten Mediziner. Auch ihn kenne ich seit dem ersten Semester, damals sind wir ungefähr gleichzeitig ins Studentenwohnheim eingezogen.

„Also gut, hier ist mein Alptraum," beginne ich, „Stellt Euch einen weißen Kittel vor. Daran hängt ein Namensschild vielen Titeln drauf. Jener Kittel wird weder zum Pinkeln - zwei Minuten - noch zum Mittagessen - viereinhalb Minuten - ausgezogen. Aus seiner oberen Öffnung ragt ein Kopf heraus. An diesem Kopf hängen eine Nickelbrille und ein paar Büschel grauer Haare. Drinnen sind Gedanken an die hundertsiebenunddreißigste Veröffentlichung und der hartnäckige Glaube daran, dass dieser Quatsch tatsächlich der Menschheit nutzen soll. Denn im Grunde weiß der Typ, der in dem Kittel drinsteckt ziemlich genau, dass er das alles nur für sich selbst macht, um möglichst viel Wissen zusammenzuscheffeln, welches ihm allein gehören soll. Und vor allem will er ganz nach oben, will Karriere machen, koste es was es wolle, ohne Rücksicht auf Verluste."

Mit bösem Grinsen schaue ich in die Runde.

Uwe kommt aus einer Arbeiterfamilie. Er hat die Hauptschule besucht und ist dann aufs Gymnasium gewechselt. Er hat es nicht leicht gehabt, denn sein Vater muss ernsthaft um den Arbeitsplatz bangen, weil die Firma dichtgemacht werden soll.

Dann war Uwe bei der Bundeswehr und später in den Semesterferien jobbte er regelmäßig bei einer Baufirma, unter einem Chef, der ein ganz fieser Leuteschinder war. Ich habe mich oft gefragt, wie er das bloß aushält. Aber er brauchte die Kohle dringend, also hat er die Zähne zusammengebissen und ist klargekommen. Und ich habe ihn deswegen bewundert: Er kann wirklich hart arbeiten. Was er da an Fleiß und Ausdauer an den Tag legt, das stellt selbst meine besten Vorsätze weit in den Schatten. Abgesehen davon halte ich selbst meine besten Vorsätze so gut wie nie. Er dagegen schon.

Sportlich ist er. Eine Zeitlang war das Radfahren seine große Leidenschaft, dann kamen noch Marathonlaufen, Schwimmen und weiß Gott was sonst noch dazu. Auch Bodybuilding hat er gemacht, zumindest ein paar Monate lang.

„Also Leute," fahre ich fort, „Hinter dunklen Ringen verbirgt sich ein Paar Augen. Daraus ein schiefer Blick, der Übermüdung, schlechte Laune, Arroganz und Verachtung ausstrahlt. Weitere Kennzeichen: Spitze Ellenbogen, Radfahrer-Kyphoskoliose vom Buckeln nach oben und Plattfüße vom Treten nach unten. Sein Äußeres ist so glatt und glitschig wie ein Zäpfchen und so läuft auch seine Karriere ab: immer glatt hinten rein und ab durch die Mitte. Wahrscheinlich wird er es auf diese Weise sogar zu etwas bringen, vielleicht sogar zur weithin geachteten und berühmten Kapazität, aber bei Kollegen und Patienten löst seine Anwesenheit einen Brechreiz aus. Bei mir übrigens auch."

Ich sehe noch mal zu Uwe hinüber, aber der scheint gar nicht zuzuhören.

Was gibt's sonst noch über ihn zu erzählen? Dass er eine wahnsinnige Selbstdisziplin an den Tag legt. Das Studium wirklich in der Mindestzeit durchgezogen hat, dann noch anspruchsvolle Praktika gemacht und eine hochwissenschaftliche, experimentelle Doktorarbeit angefangen hat... und doch immer wieder bei allen Prüfungen um einen winzigen Punkt weniger gut abschneidet als Marion.

Die kann besser lernen, und das wurmt ihn. Und dann endlich, irgendwann mal hat er es geschafft, sie zu überholen: durch fleißiges, hartnäckiges Lernen hat er die Eins geschafft. Sie nur die Zwei. Die Welt war wieder in Ordnung. Wenig später sind die beiden zusammengezogen.

Und sonst? Er kleidet sich eher schlicht, aber korrekt und sorgfältig. Seine Bude ist zwar eng, aber meistens gut aufgeräumt. Von seiner Art her ist er der typische nette Junge von nebenan: immer verbindlich, höflich und korrekt.

Was er jetzt vor hat? Ich hab ihn mal danach gefragt. Ja, natürlich, Familie wäre auch ganz nett, vor allem aber wird er erst mal Karriere machen.

„Ja, Leute," fahre ich fort, „hört gut zu und hängt Euch diese Sätze hinter Glas gerahmt in Euer künftiges Arbeitszimmer! Und wehe demjenigen von Euch, welcher in zwanzig Jahren diesem Bild ähneln sollte!"

Ich halte einen Moment lang inne und nehme einen Schluck Wasser.

„Aber es gibt ja nicht nur das," sage ich in versöhnlicherem Ton.

„...ich wollte Euch ja von meinem Traum erzählen..."

Ich schaue wieder zu Marion herüber. Na ja, ich will nicht ungerecht sein. Gut, Marion ist halt einfach schrecklich normal. Dachte ich anfangs. Aber wenn ich sie jetzt so ansehe, dann muss ich feststellen, dass sie wirklich hübsch ist. Ist mir vorher nie so aufgefallen: Lange braune Haare, welche sie meist zurückgesteckt hat, hübsche Augen und gleichmäßige, aber dennoch charakteristische Gesichtszüge, mir fällt jetzt einfach beim besten Willen nichts anderes ein als zu sagen, dass sie mir einfach gefällt. Ich wiederhole mich.

Und außerdem sollte ich besser aufhören, von dieser Frau herumzuschwärmen und ich werd den Teufel tun, mir an der die Finger zu verbrennen. Immerhin ist sie, soweit ich denken kann, fest mit Uwe zusammen und für mich ist es so sicher wie das Amen in der Kirche, dass die beiden mal heiraten werden.

„Also, ich würde gerne glücklich sein!" sage ich. „Würde gerne an einem Ort leben, der mir gefällt: Das kann weit weg von hier sein oder gleich um die Ecke, darauf kommt es nicht an. Obwohl ich, ehrlich gesagt, schon ganz gern ein wenig in der Welt herumkommen würde. Vor allem würde ich gerne Zeit haben. Na ja, ab und zu muss ich wohl auch mal arbeiten, das wird sich nicht vermeiden lassen. Und da ich nun schon mal dieses ganze Studium hinter mich gebracht habe, dann warum nicht auch als Arzt arbeiten? Vielleicht kann man ja sogar Spaß daran finden! Vor allem aber würde ich gerne Mensch bleiben. Ja, ich glaube das ist wichtig: Es muss doch einen Weg geben, Arzt zu sein und dabei trotzdem Mensch zu bleiben."

Ich halte einen Moment lang inne. Hier habe ich in meinem Redemanuskript geschlampt. Ich verhaspele mich. Meine eh schon recht spärlichen Stichworte werden immer unbestimmter. Ich merke, es ist gar nicht so einfach, auszudrücken, was ich will. Ob ich es selber weiß? Was ich nicht will, das weiß ich dagegen ganz genau.

„Ehrlich gesagt," fahre ich fort, „ich fänd's schade, wenn ich jetzt schon wissen würde, was aus mir in zwanzig Jahren geworden sein könnte. Der Rest des Lebens wäre sonst doch recht langweilig. Und ein kluger Mensch soll mal gesagt haben, viel wichtiger als Antworten zu finden sei es, die richtigen Fragen zu stellen! Ja, und Ihr? Was wird wohl auch Euch werden? Wir werden uns jetzt mehr oder weniger in alle Winde verlaufen. Es ist einfacher zu gehen, als zu bleiben, wenn ein Anderer geht. Vielleicht sehen wir uns ja doch ab und zu noch mal... und ich würde mich wirklich freuen, wenn wir uns dann in ein paar Jahren noch kennen. Und ich freu' mich über jeden, der irgendwann auf 'n Bier oder 'nen Kaffee vorbei kommt und mir erzählt, wie es so gelaufen ist!"

Ich bedanke mich für die Aufmerksamkeit, nicke noch mal freundlich in die Runde und setze mich wieder.

Die anderen klatschen. Ja, denke ich, das würde mich wirklich interessieren, wo wir wohl alle mal landen werden!

3.)

Der Weg vom Studentendasein zum Ärztestand ist eine bürokratische Herausforderung: Prüfungsamt, Ärztekammer, Arbeitsamt. Formulare über Formulare. Warteschlangen und Gebührenmarken. Endlich habe ich meinen Schrieb in der Hand: Die Berechtigung zum vorläufigen und zeitlich begrenzten Ausüben des ärztlichen Berufes als ‚Arzt im Praktikum'.

Und dann brauche ich einen Job.

Eigentlich will ich ja gar keinen. Zumindest jetzt noch nicht. Ehrlich gesagt, könnte ich mir ungefähr zweihundert Dinge vorstellen, die ich jetzt lieber täte als einen Job zu suchen. Ich will Urlaub machen... Ich will ausspannen, ausschlafen, frei sein, Mensch sein, leben, und die Seele baumeln lassen... aber auf dem Bankkonto ist Ebbe. Also nix mit Südseestrand. Stattdessen Stellenanzeigen studieren. Und dann: Ran ans Telefon!

„Ist da das Krankenhaus? Könnten Sie mich vielleicht bitte netterweise mit der Personalabteilung verbinden? Ja danke, ich warte... düdeldü.... Hallo? Stelle schon besetzt? Na, denn halt nicht, auf Wiederhören und vielen Dank noch!"

Auf geht's, zur nächsten Nummer, neues Spiel, neues Glück.

Eines Morgens ruft Uwe an. Man kann sein Strahlen förmlich durchs Telefon hindurch hören:

„Ich hab einen Job. Brauchst Du auch einen?"

Nein danke, will ich sagen, ich komme schon selbst zurecht. Aber er lässt mich gar nicht zu Wort kommen und erzählt munter weiter:

„...am Montag fange ich an. In der Chirurgie. Kleines Haus in einer gemütlichen Kleinstadt. Der Chef machte einen netten Eindruck und weißt Du was?"

Nein, weiß ich nicht.

„Weißt Du was? Er hat nämlich noch eine Stelle frei!"

Und? Was geht mich das an? Ist das etwa mein Problem?

„Er hat mich sogar ganz direkt gefragt, ob ich noch jemanden kennen würde, der vielleicht interessiert sein könnte. Also, ich sage Dir..."

Nein, nein und nochmals nein, will ich sagen.

Wenn Du da am nächsten Montag anfängst, dann ist das Grund genug für mich, da einen ganz großen Bogen drum zu machen.

Uwe redet weiter.

„...also, ich glaube, das wäre was für Dich! Harte Arbeit. Nachmittags um vier nach Hause gehen, das kannste vergessen! Und dann noch die Bereitschaftsdienste, bis zu achtmal im Monat. Nachts im Dienst lernt man ja am meisten, hat der Chef gesagt. Soll ich Dir seine Nummer geben?"

Nein, entgültig nein und nochmals nein. Ich sage Dir jetzt nicht, wo Du dir diese verdammte Nummer hin stecken kannst, aber...

„Übrigens fängt Marion auch dort an. Im selben Haus. In der Abteilung für Innere Medizin."

...aber irgendwo muss ich ja schließlich meine Brötchen verdienen, oder? Und vielleicht kann ich ja früher oder später zu Marion in die Innere wechseln.

„Also gut, gib mir die Nummer!"

Am nächsten Morgen rufe ich an.

„Schicken Sie Ihre Unterlagen her!" sagt der Personalchef.

Aber die muss ich erst mal fertig machen: Lebenslauf schreiben, Zeugnisse kopieren, dann zum Fotografen und ganz zum Schluss das Anschreiben... dieses verfluchte Anschreiben!

„Bringen Sie Ihr Anliegen kurz, präzise und überzeugend vor!", sagen die Ratgeberbücher. Einfacher gesagt als getan, wenn man selbst gar nicht so recht weiß, was man will. Sehr geehrter Herr Chefarzt.... Wie hieß der noch mal? ... Hiermit möchte ich mich bei Ihnen.... Falsch: Hiermit bewerbe ich mich um eine Stelle als Arzt im Praktikum in Ihrer Abteilung.

Unterschrift. Eintüten. Briefmarke drauf und ab die Post.

Drei Tage später blinkt das rote Lämpchen an meinem Anrufbeantworter: Der Chef persönlich hat draufgesprochen. Rufen Sie sofort zurück, sagt er, es ist dringend, ich bin auch abends zu sprechen.

Mechanisch greife ich zum Hörer.

„Wann können Sie anfangen?"

Ähem... ja, eigentlich sofort, das heißt, ich wollte ja Urlaub machen, aber das kann ich mir eh nicht leisten...

„Kommen Sie morgen Früh vorbei!"

„Bitte" hat er nicht gesagt. Ich muss schlucken. Das ist keine Einladung, sondern ein Befehl.

Blick auf die Uhr... gerade noch Zeit genug, um in die Stadt zu fahren und im Kaufhaus ein frisches weißes Hemd und eine Krawatte zu erwerben. Den geliehenen Nadelstreifenanzug vom Examen hab ich Gottseidank noch nicht zurück gegeben.

Schon vor dem Weckerklingeln wache ich auf. Draußen scheint die Sonne. Ich werfe mich in Schale und gehe zum Bahnhof.

Im Zug döse ich dahin und dann muss ich auch schon umsteigen in einen schrecklich dreckigen und langsamen Bummelzug, der an jeder Milchkanne mit ruckartigem Bremsmanöver hält. Ich blättere in einer herumliegenden Zeitung, darin stehen Stellenanzeigen für Putzfrauen, Bardamen und Versicherungsvertreter. Mit jeder Minute werde ich nervöser.

Bad Dingenskirchen, Endstation.

Kreisangehörige Kleinstadt am Arsch der Welt.

Das Kaff schläft noch. Frühmorgendlicher Friede. Die Bürgersteige sehen aus, als werden sie jeden Abend um halb sieben geputzt und hochgeklappt. Und wo geht's hier zum Krankenhaus?

Eine Passantin schüttelt den Kopf, wenn ich ihr erkläre, dass ich kein Auto dabei habe.

„Ist leider ziemlich weit.... nehmen Sie am besten ein Taxi!"

Nix Taxi. Kein Geld. Noch hab ich den Job nicht.

Ich gehe die Hauptstraße entlang und biege dann ab in die Fußgängerzone. Die Fußgängerzone sieht aus wie alle Einkaufsstraßen dieser Republik. Sie endet auf dem Marktplatz und dort fängt gerade der Wochenmarkt an. Ein paar verwinkelte Gassen mit Fachwerkhäusern. Kopfsteinpflaster. Rathaus, Kirche, Schloss: alle Sehenswürdigkeiten schnuckelig nah beieinander. Ende der Stadtbesichtigung.

Das Krankenhaus ist ein hässlicher Betonklotz und liegt gleich ein paar hundert Meter weiter.

Ich nehme meinen Mut zusammen und atme einmal tief durch.

Eine gläserne Schiebetür öffnet sich automatisch vor mir.

Ich trete ein.

Billiger Kunststeinfußboden, darauf ein paar Kunstledersitzbänke und Grünpflanzencontainer. Rechts das Treppenhaus, links die Pförtnerkabine.

„Chirurgie? Immer der roten Linie nach!"

Da ist tatsächlich eine rote Linie auf den Boden gemalt, wie eine Blutspur.

Die Blutspur führt durch düstere Korridore, um mehrere Ecken herum und endet in der Notaufnahme.

„Zum Chef wollen Sie? Nehmen sie einen Moment im Wartezimmer Platz!"

Die Schwester drückt mir eine pinkfarbene Wartenummer in die Hand.

„Moment mal, ich glaube, könnte es vielleicht sein, dass Sie mich missverstehen? Ich bin nämlich gar kein Patient..."

„Aber Sie wollen doch zum Chef, oder?"

Ich nicke.

„Also nehmen Sie schon Platz!"

Im Wartezimmer stehen mehrere Reihen verwüstungsresistenter Plastiksessel, dazwischen niedrige Tischchen mit zerfledderten Zeitschriften darauf. In dem Sessel rechts von mir schläft ein unrasierter und offensichtlich schwerstalkoholisierter Obdachloser seinen Rausch aus, ihm zur Seite sitzt eine alte Frau mit Gipsverband. Ein paar andere Gestalten sind angestrengt damit beschäftigt, schweigend aneinander vorbei zu schauen.

Ich setze mich neben den Alkoholiker und schließe die Augen. Ganz ruhig bleiben, nur nicht nervös werden. Wie viele Gründe gibt es, die nächsten Jahre meines Lebens ausgerechnet hier zu fristen? Es tut mir schrecklich leid, aber mir fallen keine ein.

Alle paar Minuten bellt eine krächzende Lautsprecherstimme und dann steht eine von den Gestalten neben mir auf.

„Nummer siebenundzwanzig in Zimmer eins bitte!"

Das bin ja ich!

Zaghaft klopfe ich an.

Zimmer eins enthält eine Untersuchungsliege, einen Schreibtisch und einen Ledersessel. Darauf sitzt der Chef. Der Chef sieht aus, wie man sich einen Chef vorstellt: Ende fünfzig, Übergewicht, schütteres graues Haar und Nickelbrille.

„Setzen Sie sich!"

Zwischen Schreibtisch und Untersuchungsliege steht ein wackeliger Schemel.

„Habe mir Ihre Unterlagen angeschaut. Ja, ich brauche einen neuen Mann. Die Stelle ist schon seit zwei Monaten frei..."

Er kramt in dem Papierstapel auf seinem Schreibtisch, schüttelt den Kopf, schaut mich an.

„Schießen Sie los: was können Sie?"

Ich druckse herum.

Er ist nicht überzeugt.

„Können Sie hart arbeiten?"

Er bemerkt mein Zögern.

„Hören Sie: Ich brauche wen, der zupackt! Wir sind ein kleines Haus und jeder neue Mann wird von Anfang an voll eingespannt. Zu tun gibt es genug. Wenn Sie keine Angst davor haben, hart zu arbeiten, dann können Sie bei mir anfangen!"

Er schaut mich scharf an.

„Und noch etwas: Bei uns schaut keiner auf die Uhr. Überstunden werden grundsätzlich nicht bezahlt. Verstanden?"

Ich weiche seinem Blick aus.

„Wenn Ihnen das nicht gefällt, dann sind Sie für diesen Job nicht geeignet!"

Will ich hier wirklich...?

Er steht auf.

„Ich muss jetzt in den OP. Wenn Sie es ernst meinen, dann rufen Sie mich morgen an!"

Er stürmt, mir voran, durch die Tür und biegt um eine Ecke ohne sich noch einmal umzuschauen. Die Hand hat er mir nicht gegeben. Und verabschiedet hat er sich auch nicht.

Ich atme auf, wenn ich den Ausgang gefunden habe.

Draußen scheint die Sonne. Ich will raus, nix wie weg von hier! Im Laufschritt gehe ich zurück zum Bahnhof. Ein Zug fährt ein und ich springe auf. Bad Dingenskirchen? Niemals! Um nichts in der Welt werde ich diesen Menschen zurückrufen!

4.)

Ich schaue mich in meiner neuen Wohnung um.

Noch sieht es hier nicht gerade wohnlich aus: Überall stehen Umzugskisten. Ein paar davon habe ich auch schon ausgepackt und den Inhalt über den Boden verstreut. Geschirr, Bücherstapel und alles Mögliche liegen wild in der Gegend herum. Das Telefon ist noch stumm, es wird erst morgen angeschlossen.

Draußen strahlt der Bad Dingenskirchener Sommerhimmel und ich bin todmüde. Mein erster Feierabend. Mein erster Feierabend als Arzt.

Wie ich überhaupt hierher komme?

Das ist schnell erzählt.

Eines Morgens - nachdem ich spät nachts von meiner wohl letzten Studentenparty heimgekehrt bin - werde ich telefonisch aus komatösem Tiefschlaf geweckt.

„Hallo?"

Eine Sekunde lang knackt es in der Leitung. Dann Räuspern. Eine Stimme, die ich schon mal gehört habe.

„Sie haben mich nicht angerufen!"

Ich brauche ein paar Sekundenbruchteile, bis ich kapiere, wer da am anderen Ende ist. Und ich hätte noch ein paar weitere Sekundenbruchteile gebraucht, um ihm zu sagen, dass ich ihn deshalb nicht zurückgerufen habe, weil ich zu höflich bin um ihm zu sagen, wo er sich seinen Sklavenjob hinstecken kann. Aber es ist zu früh am Morgen.

„Warum haben Sie sich nicht gemeldet?"

Mein Gehirn funktioniert noch nicht.

„Am Ersten fangen sie an!"

War das eine Frage oder ein Befehl?

Ich nuschle eine Entschuldigung in den Hörer.

„Alles klar, wir sehen uns!"

Er hängt auf.

Und ich brauche jetzt eine Dusche und einen starken Kaffee.

Bis zum Ersten sind es noch knapp zwei Wochen. Zwei Wochen Zeit, um Abschied vom Studentenleben zu nehmen, meinen Hausstand säuberlich in Kisten zu verpacken und nach Bad Dingenskirchen zu verfrachten.

Am Tag vor dem Ersten parken meine Kisten dann an Bord eines klapperigen Kastenwagens im Hof des Krankenhauses.

Bei der Verwaltung liegt mein Arbeitsvertrag bereit. Ich unterschreibe ihn, ohne das Kleingedruckte genau zu lesen.

Das sei schon in Ordnung so, sagt der Oberverwalter. Trotzdem kann ich mich des Gefühls nicht erwehren, soeben meine Seele verkauft zu haben.

Unten im Keller ist die Wäscheabteilung. Fünf weiße Kittel und fünf weiße Hosen stehen mir zu. Ausgehändigt gegen Quittung und Unterschrift von der resoluten Wäschefrau, welche meine Größe mit Kennerblick sofort richtig eingeschätzt hat. Weiße Hemden und weiße Gesundheits-Sandalen bitte selbst mitbringen, aber so was weiß man ja.

Und wann geht's los? Arbeitsbeginn um acht Uhr früh, so steht's im Vertrag.

„Kommen sie um sieben zur Besprechung in die Notaufnahme!" sagt der Chef.

Er wird noch oft befehlen, ohne dass ich zu widersprechen wage.

Heute ist es soweit:

Um fünf Minuten vor sieben Uhr durchschreite ich die wohlbekannte Glastür und folge der roten Blutspur in die Notaufnahme. Zimmer eins, das kenne ich ja schon. Diesmal brauche ich keine Wartenummer. Ich klopfe an.

Von drinnen wird mir geöffnet.

Alles genauso wie letztens: Das winzige Kabuff. Schreibtisch mit Ledersessel. Wackeliger Schemel und Untersuchungsliege. Aber jetzt ist das Zimmer voller Leute: Im Ledersessel der Chef, auf dem wackeligen Schemel eine Gestalt mit Goldkettchen und Schnauzbart - durch silberglänzendes Namensschild als Oberarzt zu erkennen und daneben mehrere weißgewandete Gestalten, die sich stehend an den Wänden entlang drücken. Ich entdecke Uwe, aber der schaut an mir vorbei. Blödmann!

Der Chef hingegen nimmt mich wahr:

„Meine Herren - das ist unser neuer Mitarbeiter! Willkommen bei uns! Nach der Besprechung gehen Sie auf die Zwo!"

Worum es bei der Besprechung geht, kapiere ich noch nicht so recht: Eine übernächtigte Gestalt mit Augenringen leiert mit monotoner Stimme irgendwelche Patientennamen und Diagnosen herunter, der Schnauzbart-Oberarzt nickt ab und zu mit dem Kopf und der Chef schaut gelangweilt aus dem Fenster.

Dann auf einmal, ohne ein Zeichen, steht der Chef plötzlich auf und schreitet zur Tür. Oberarzt hinterher, das Fußvolk folgt am Schluss. Die Prozession geht zum Treppenhaus und dort hat es jeder ganz eilig und verschwindet in verschiedene Richtungen.

Alle sind sie weg. Wo muss ich jetzt hin?

Station zwo hatte der Chef gesagt.

Ich folge der Blutspur zurück zur Pförtnerloge.

Könnten Sie mir bitte sagen, wo es zur Station zwo geht?

Der Pförtner schaut mich ein wenig irritiert an. Ein Doktor in weißem Kittel sollte eigentlich wissen, wo die Station zwo ist.

„Treppe rauf, zweiter Stock links!"

Ich bedanke mich.

Die Station zwei besteht aus einem langen Flur mit spiegelglattem Linoleumboden und Türen rechts und links. An einer davon steht ‚Arztzimmer'.

Ich klopfe an. Jemand antwortet.

„Herrrrein!"

Ich drücke die Klinke und trete ein.

Der antwortende Jemand ist eher klein, korpulent und trägt weißen Kittel, Nickelbrille und Vollbart.

Er mustert mich. Von oben bis unten, von unten bis oben. Bedeutungsvolles, gespanntes Schweigen.

„Du bist der Neue?"

Ich bejahe.

„Ich bin Martin Bückling."

Er streckt mir seine rechte Hand entgegen.

„...Und hier oben auf der Zwo hab ich das Kommando."

Etwas irritiert schüttele ich seine Hand. Oder hätte ich stattdessen die Hacken zusammenschlagen und militärisch salutieren sollen?

„Sie sind... Oberarzt?"

Er ist sichtlich geschmeichelt.

„Na ja... noch nicht ganz. Kannst ruhig Du zu mir sagen. Hier ist der Dienstplan. Eine Woche lang hast du Schonzeit. Dann musst Du ran!"

„Und was bedeutet das ?"

„Also gut, kannst ja noch nicht alles wissen. Bist ja noch ganz grün hinter den Ohren. Ich erzähle Dir jetzt mal, wie hier der Ablauf ist: Morgens um sieben ist Besprechung. Danach kommst Du rauf auf Station und nimmst Blut ab. Um acht geht der OP-Plan los. Wenn Du nicht im OP bist, machst Du Visite und versorgst die Station. Und wenn du Dienst hast, gehst Du um vier in die Notaufnahme. Verstanden?"

„Und wie oft hat man Dienst?"

Er deutet auf ein fotokopiertes Blatt Papier, welches mit Tesafilm an die Wand geklebt ist.

Ich beuge mich näher und entdecke auf dem Blatt eine Tabelle voller Namen, darunter meinen eigenen in beängstigender Häufigkeit.

„Du bist nächsten Montag zum ersten Mal dran... und danach... etwa ein bis zweimal pro Woche..."

Ich schlucke.

„Und sonst?"

Bevor er antworten kann, klingelt das Telefon. Er hebt ab.

„Ja.... ich komme!"

Er springt auf, rennt in Richtung Tür und deutet mir mit einer Kopfbewegung an, mitzukommen.

„Arbeit für Dich: das Blut ist noch nicht abgenommen! Wir sehen uns nachher wieder!"

Wir treten beide auf den Flur und er verschwindet hinter der übernächsten Tür, aus der es nach frischgebrühtem Kaffee duftet.

Nebenan im Dienstzimmer wartet man schon auf mich.

„Es ist viertel nach acht. Und noch kein Blut abgenommen. Wissen Sie nicht, dass das um neun im Labor sein muss?"

Moment mal. Immer schön alles der Reihe nach.

In einer Ecke des Dienstzimmers steht ein Tablett. Darauf eine Batterie von Plastikbechern. Darin stehen Blutabnahmeröhrchen, fein säuberlich mit Patientennamen beschriftet. Und woher weiß ich, welcher Patient wo ist?

„Schauen Sie doch einfach dort auf den Plan..."

Der hängt am anderen Ende des Dienstzimmers.

„Wenn Sie noch Fragen haben, ich bin nebenan beim Frühstück!"

Etwa in dem Raum, in welchen mein lieber Kollege gerade verschwunden ist? Na, danke!

Ich nehme mir das erste Blutröhrchen, identifiziere Patient und Zimmer und gehe los.

„Sie sind aber heute spät dran!"

Ich nuschle eine Entschuldigung. Gottseidank hat er gute Venen.

„Gibt's bei Euch wieder Blutwurst?"

Beim ersten Mal finde ich den Spruch fast noch lustig. Spätestens beim fünften Mal wird's langweilig. Beim zehnten Mal nehme ich es gar nicht mehr wahr.

Und Gottseidank haben die meisten der fünfzehn anderen Patienten ebenfalls gute Venen und sind ohne größere Probleme auf der Station lokalisierbar.

Um fünf nach neun bin ich endlich fertig und bin mächtig stolz auf mich.

Zaghaft klopfe ich an der Kaffeeduft-Tür und trete ein.

Ein halbes Dutzend weiblicher Augenpaare richtet sich auf mich.

„…das ist übrigens unser neuer Stationsarzt!"

Ich lächle in die Runde und nuschle eine Begrüßung.

„Ich bin Gerdi, die Stationsschwester. Und Sie haben sich erst mal `nen Kaffee verdient!"

Sie schüttet mir eine Tasse ein. Ich setze mich. Erst mal tief durchatmen!

Zwei Sekunden später geht die Tür wieder auf und mein neuer Kollege kommt rein.

„Na, hab ich mir doch gedacht, dass Du hier Pause machst! Hast Du Dich gut erholt? Dann lass uns jetzt schnell mit der Visite anfangen, der Oberarzt wartet schon!"

Den Kaffee muss ich wohl oder übel stehen lassen. Ich will Gerdi noch dankend zulächeln, aber es wirkt gequält.

Der Rest des ersten Tages vergeht schnell. Und irgendwann rauscht es nur noch so an mir vorbei: Visite, Oberarzt, Händeschütteln, Patienten, Krankengeschichten, Akten, Röntgenbilder, Gesichter….

Ich bemühe mich, zumindest die Namen der wichtigsten Kollegen im Kopf zu behalten: Da ist der Oberarzt Dr. Biestig - jener Schnauzbart mit Goldkettchen. Dann gibt es Stefan Wozniak - einen Hünen mit kräftigem Händedruck und freundlichem Gesicht. Und Martin Bückling habe ich ja schon kennen gelernt. Aber da sind noch mehr Leute: Kollegen, Schwestern, Sekretärinnen, Pförtner, Zivis, Krankengymnastinnen und Laborantinnen, lauter neue Gesichter..

Immer wieder Händeschütteln, Smalltalk und Lächeln. Man stellt sich vor, erklärt mir dies und das, und ich bemühe mich, zuzuhören, freundlich zu sein und Aufmerksamkeit zu heucheln.

Aber meine Aufnahmefähigkeit ist begrenzt.

Um fünf Uhr nachmittags hänge ich müde meinen Kittel in die Ecke und will mich auf den Heimweg machen. Unten in der Halle läuft mir Uwe über den Weg, ein süffisantes Grinsen im Gesicht.

„Na, wie war's?".

Ich bemühe mich, genauso süffisant zurückzugrinsen, aber so ganz scheint mir das nicht zu gelingen. Er streckt mir seine Hand entgegen.

„Willkommen an Bord!"

Ich schüttele seine Hand. Ist das herzliche Willkommen ernstgemeint?

„Komm, lass uns einen trinken gehen!"

„Jetzt gleich?"

„Warum nicht?"

„Wo gehen wir hin?"

Die Auswahl ist beschränkt, erklärt Uwe, es gibt eigentlich nur den *Jägerhof*.

„Um zweiundzwanzig Uhr ist Zapfenstreich, zumindest unter der Woche. Aber länger halten wir es eh nicht aus, wenn wir morgen früh wieder auf der Matte stehen müssen!"

„Gibt's da auch was zu essen?"

„Warme Küche bis einundzwanzig Uhr. Sofern Du dich mit bodenständiger Hausmannskost anfreunden kannst!"

„Dann nichts wie hin!"

Eine halbe Stunde später sitzen wir an einem rustikalen Holztisch mit rotweiß-karierter Tischdecke und von den Wänden blicken ausgestopfte Füchse, Eulen und andere Jagdtrophäen auf uns herab. Vor mir steht ein Schweinsbraten mit Rotkohl und daneben ein großes Bier.

Uwe prostet mir zu.

„Willkommen an Bord!" sagt er und es klingt jetzt viel versöhnlicher als vorhin, „Herzlich Willkommen auf unserem Musikdampfer!"

„Musikdampfer oder Raumschiff?" frage ich.

Er nimmt einen großen Schluck.

„Nenne es wie Du willst: Auf der Brücke steht der Käpt'n und der hat das Kommando. Der Chef sagt wo's langgeht und ihm widerspricht man nicht. Wir sind die Hilfsmatrosen. Die Patienten sind die Passagiere und das Meer ist voller Klippen und Untiefen..."

„Hört sich sehr poetisch an!"

„Weißt Du, so ein Krankenhaus ist ein Mikrokosmos für sich. Ein furchtbar komplexes Gebilde. Viel komplizierter als man denkt..."

„Und was hat das mit unserem Alltag zu tun?"

„...na ja, es gibt da ein paar Sachen, die Du von Anfang an richtig machen musst. Sonst gibt's Ärger."

„Zum Beispiel?"

Uwe schaut sich vorsichtig um und senkt die Stimme.

„Der Chef ist der Chef und wird auch so angeredet! Komm nicht auf die Idee, ihn mit seinem Namen anzusprechen. Das mag er nicht. Ist Dir aufgefallen, dass sein Kittel silberne Knöpfe hat?"

„Meine Knöpfe sind aus Plastik."

„Eben. Wir alle haben Plastikknöpfe. Alle, bis auf den Chef. An zweiter Stelle kommt der Oberarzt. Seine Knöpfe sind zwar auch aus Plastik, aber er hat ein silbernes Namensschild. Nur der Chef und er haben silberne Namensschilder. Und nur der Chef und er dürfen bei der Besprechung morgens sitzen. Der Chef im Ledersessel und der Oberarzt auf dem wackeligen Stühlchen. Alle anderen müssen stehen!"

Ich starre ihn mit offenen Augen an.

„Und noch ein paar interessante Informationen am Rande: Unser Oberarzt Biestig fährt einen roten Porsche. Darin führt er regelmäßig wechselnde Blondinen spazieren. Das weiß die ganze Stadt - nur nicht seine Frau. Nebenbei betreibt er verschiedene Immobilien- und Aktiengeschäfte. Was er da genau treibt, weiß niemand. Aber das ist sein Privatleben und es geht uns beide nichts an. Fachlich kann man ihm nichts vorwerfen. Jedenfalls ist er ein guter Operateur."

Ich trinke mein Glas aus, winke dem Kellner und bestelle noch zwei Bier. Uwe fährt fort.

„...Obwohl Stefan Wozniak auch nicht schlecht ist. Stefan ist der einzige Assistent, welcher die Facharztprüfung bestanden hat, und das schon vor mehreren Jahren. Trotzdem wird er nicht Oberarzt. Böse Zungen behaupten, das liegt daran, dass er aus Polen kommt und der Verwaltungschef was gegen Ausländer hat. Stefan ist ein echter Workaholic, immer mit vollem

Eifer und viel Spaß bei der Sache. Martin Bückling ist das exakte Gegenteil: Der drückt sich, wo er kann und schustert die Arbeit den anderen zu. Geh ihm aus dem Weg, wenn Du kannst! Und lass Dir von ihm nichts erzählen: Der wird noch eine ganze Weile brauchen bis er Facharzt wird, wenn er es überhaupt jemals schaffen sollte. Zugeben tut er das natürlich nicht!"

Der Kellner stellt zwei frische Gläser vor uns hin. Uwe nimmt einen tiefen Schluck.

„Du und ich, wir beide stehen als Ärzte im Praktikum natürlich erst mal unteren Ende der Hierarchie. Noch. Aber das lässt sich ändern."

„Und wie?"

Uwe grinst verschwörerisch.

„Du hast zwei Möglichkeiten. Warst du beim Bund?"

Ich schüttele den Kopf.

„Schade. Da hättest Du es lernen können. Also: Entweder Du passt Dich an, oder Du gehst unter!"

„Wie meinst Du das?"

„Mach Dir Freunde!"

„Und wie geht das?"

„Zunächst mal musst Du herauskriegen, wer die wichtigen Köpfe sind. Der Chef natürlich und der Oberarzt. Und die anderen Kollegen. Und die Schwestern natürlich, vor allem die Schwestern, mach dir bei denen keine Feinde!"

„Was sind denn die Todsünden?"

„Rechthaberisch sein! Das Maul aufreißen wenn Du nicht gefragt bist. Keiner wird es Dir danken, wenn Du den tragischen Helden spielst oder Dich querstellst. Nach einer Weile wirst Du schon verstehen, wo der Hase lang läuft..."

Uwe wird nachdenklich.

„Das Studentenleben ist jetzt vorbei. Entgültig. Mit den kleinen Freiheiten und Verrücktheiten, die man sich damals geleistet hat ist jetzt Schluss. Du willst weiterkommen. Im Studium haben wir aus Büchern gelernt. Jetzt musst Du beobachten. Es liegt letztendlich an Dir selbst, wie viel Du mitnehmen willst. Wenn die anderen sehen, dass Du Dich engagierst, dann werden sie Dir auch etwas beibringen. Aber von sich aus wird keiner auf Dich zukommen. Du wirst schon früh genug merken, worauf es ankommt!"

Ich trinke mein Bier in einem Zug aus.

„Las uns gehen, wir müssen morgen wieder früh raus!"

5.)

Am nächsten Tag bin ich schon ein wenig routinierter: Pünktlich um sieben zur Besprechung im Chef-Kabuff, anschließend ohne größere Umstände rauf auf die Zwei zur Blutabnahme und dort das bekannte Jonglieren mit Blutröhrchen in Plastikbechern.

Wenn ich nach getaner Arbeit wage, das Schwesternzimmer zu betreten, sehe ich wie mein lieber Kollege dort in aller Ruhe an einem Brötchen kaut und mit den Schwestern Smalltalk macht. Sieht so aus, als sitze er schon eine ganze Weile lang hier.

Ob ich es heute schaffen werde, einen Kaffee zu trinken?

Bevor ich dazu komme, ist er aufgestanden und deutet mir mit einer Kopfbewegung an, mitzukommen.

„Wir gehen in den OP!"

Der OP befindet sich eine Etage tiefer.

Die Tür zur Umkleide ist mit einem Zahlencode gesichert. Mein Kollege öffnet und winkt mich durch ohne mir die Nummernkombination zu nennen.

„Zieh Dich aus!"

Da ist etwas in seiner Stimme, was mich zögern lässt.

„Los, bis auf die Unterhose! Du bist doch nicht zum ersten Mal im OP, oder?"

Ich hänge meinen Kittel an den Haken. Er deutet auf mehrere Stapel grüner Wäsche am anderen Ende des Raumes.

„Hemden und Hosen. Drei Größen: Groß, Mittel, Klein. Maske und Haube nicht vergessen!"

Ich brauche eine Weile, um die Strippen der Gesichtsmaske hinter meinem Kopf zusammenzuknoten.

Wir treten durch die hintere Tür der Umkleide und ich finde mich auf einem spiegelblank gewienerten Linoleumflur wieder.

Zwei weibliche Gestalten in ähnlicher Verkleidung kreuzen unseren Weg.

„Schwester Hilde! – Das ist unser neuer Kollege!"

Schwester Hilde mustert mich schweigend, murmelt etwas in ihren Mundschutz und verschwindet kopfschüttelnd in irgendeine Richtung.

Die zweite Gestalt schaut mich eine Sekunde lang an.

„Du bist neu hier?"

Ich stelle mich vor und strecke ihr eine Hand entgegen.

„Willkommen im OP! Ich bin Sonja."

Lächelt sie da hinter ihrem Mundschutz?

„Wenn ich Dir helfen kann - frag mich einfach!"

Dann verschwindet sie eilig hinter der nächsten Ecke, von wo aus Hilde sie schon strafend anschaut.

Mein Kollege schiebt mich in den Waschraum.

„Schwester Hilde ist die leitende OP-Schwester. Hier im OP hat sie das Kommando. Sie kommt gleich hinter dem Chef, noch vor dem Oberarzt. Wenn Du es Dir mit ihr verscherzt, hast Du nichts mehr zu lachen. Und jetzt zeige ich Dir, wie man sich wäscht!"

Da sind mehrere Wasserhähne, die mit Lichtschranken gesteuert werden. An der Wand Spender für Seife und Desinfektionslösung. Außerdem über jedem Hahn eine Art Eieruhr.

„Die Uhr stellst Du auf zwölf Minuten. Zunächst zwei Minuten lang die Fingernägel bürsten. Dann fünf Minuten mit Seife waschen. Dreimal: Erst Finger, Handgelenk, Unterarm. In der Reihenfolge. Und das Wasser immer in Richtung Ellenbogen ablaufen lassen, Hände schön hochhalten. Dann mit sterilen Handtüchern abtrocknen und fünf Minuten lang mit Alkohol desinfizieren!"

Ich folge brav seinem Beispiel.

„...Zwölf Minuten. Keine Sekunde weniger. Wehe, Du hörst auf, bevor es klingelt. Das darf nur der Chef. Der ist fest davon überzeugt, dass seine Hände sauberer sind als unsere weil er sich schon so oft gewaschen hat. Er ist in fünf Minuten fertig."

Endlich klingelt die Eieruhr.

„...Und jetzt die Hände schön hochhalten und nichts berühren, sonst bist Du wieder unsteril und musst von vorn anfangen!"

Die automatische Tür schwingt zurück und wir betreten den eigentlichen OP-Saal.

Mein Kollege wird feierlich.

„Dies also sind unsere Heiligen Hallen!"

Ein blitzsauberer, von oben bis unten mit grünen Kacheln gefliester Raum. In der Mitte der Decke die imposante Lampe und darunter der Sockel des OP-Tisches..

„Bloß nichts anfassen, sonst wirst Du unsteril!" wiederholt mein Kollege.

Die Hände hat er nach vorn vom Körper weggestreckt als wolle er beten.

Diesen kompliziert aussehenden Sockel mit der Lampe darüber könnte man in der Tat mit etwas Phantasie für eine Art Altar halten.

„Am Kopfende steht der Anästhesist," fährt Martin fort, „am Körper stehen wir. Man kann rechts oder links um den Patienten herumgehen. Der Chef geht rechts herum, okay?"

Seine Stimme zittert vor Ehrfurcht.

Ich nicke.

„Und alle anderen gehen links herum. Das ist hier so. Jeder hält sich daran."

Er hebt die Hände, wie ein Priester.

„Und die Hände immer schön hochhalten! Nichts berühren!"

Ich stelle mich neben ihn und nehme die gleiche Position an.

Schwester Hilde betritt den Raum, in der Hand ein grünes Bündel, welches sie umständlich entfaltet und meinem Kollegen anreicht. Der nimmt es genauso umständlich entgegen.

„Das ist der Kittel. Du berührst nur die Innenseite der Ärmel und auf keinen Fall die Außenseite, sonst wirst Du unsteril!"

Schon wieder dieses Wort!

Jetzt bekomme ich meinen Kittel angereicht. Unter den prüfenden Blicken von Hilde und Martin ziehe ich ihn an.

„Welche Handschuhgröße haben Sie?"

Woher soll ich das wissen?

„Zeigen Sie mal her!"

Schwester Hilde taxiert meine Hände mit einem kurzem Blick.

„Siebeneinhalb!"

Das Anziehen, ohne sich unsteril zu machen, ist nicht leicht, wenn man von einer leitenden OP-Schwester argwöhnisch beäugt wird. Immerhin, die Größe stimmt. Und Hilde ist zufrieden.

Die große Schwingtür in der Mitte öffnet sich und der schlafende Patient wird hereingerollt, gefolgt von zwei Anästhesisten. Es folgt ein kompliziertes Ritual, in dessen Ablauf der Patient mit mehreren Lagen grüner Tücher fast komplett abgedeckt wird. Nur ein kleines Stückchen Haut bleibt frei, und dieses wird mehrmals mit einer bräunlichen Desinfektionslösung bestrichen.

„Alles klar?"

Martin bedeutet mir mit einer Handbewegung, näher heranzutreten.

„Du bist neu. Du bist Anfänger. Du bist Arzt im Praktikum. Deine Aufgabe: Maul und Haken halten. Okay?"

Ich nicke schweigend.

Seine Stimme wird versöhnlicher.

„Du wirst eine Menge lernen müssen. Es gibt hier Regeln, an die musst Du dich halten. Also tu, was man Dir sagt, Okay?"

Zum dritten Mal nicke ich. So was ähnliches habe ich gestern Abend schon mal gehört.

„Gut, dann fangen wir an. Ist heute nichts Großartiges, nur ein Blinddarm. Schwester Hilde, das Messer bitte!"

Hautschnitt. Zwei Haken werden eingesetzt. Ein Blick, eine wortlose Geste: Ich begreife. Es ist offensichtlich mein Job, die beiden Dinger festzuhalten. Wortlos nimmt Martin mir wenige Minuten später die Haken wieder aus der Hand, um sie gegen andere Werkzeuge auszutauschen. Dann fingert er im Bauch des Patienten herum, greift nach Darmschlingen, findet den Wurmfortsatz, trennt ihn ab - hier ein Blick, da eine Geste, nur selten ein Wort. Nach einer Viertelstunde ist die Operation beendet und Martin wirft mir einen zufriedenen Blick zu.

„Nicht schlecht für den Anfang. Das war's für heute. Du bist zu keiner weiteren OP mehr eingeteilt. Kannst jetzt zurück auf Station. Arbeit ist genug da! Lass Dir von den Schwestern sagen, was zu tun ist!"

Ich gehe wieder zurück zur Umkleide, während er in eine andere Richtung schlurft, eine Richtung, aus der es verdächtig nach frischgebrühtem Kaffee duftet.

6.)

Am folgenden Montag habe ich meinen ersten Bereitschaftsdienst.

Um halb vier weist Martin mich ein: Das heißt, er stolziert mit schnellem Schritt durch die Ambulanz und reißt alle Schränke auf:

„Verbandsmaterial, Instrumente, Medikamente... alles was Du brauchst, okay?"

Er schaut mich scharf an. Ich nicke mit dem Kopf.

„Chirurgische Wundversorgung ist kein Problem für Dich?"

„Na ja, ich weiß nicht so recht..."

„Kannst Du Wunden nähen oder nicht?"

„Hab ich ein oder zweimal gemacht, als Student, aber da hat mir immer jemand über die Schulter geschaut..."

„Ab jetzt musst Du allein klarkommen!"

Er mustert mich argwöhnisch.

„Kennst Du Dich mit Röntgen-Bildern aus?"

Ich zucke mit den Schultern.

„Es wird von Dir erwartet, dass Du einfache Frakturen selbst erkennen kannst!"

Danke, Kollege! Wäre vielleicht nett gewesen, wenn Du mich etwas eher darauf hingewiesen hättest... oder vielleicht sogar mir ein paar Sachen gezeigt hättest?

„Also gut. Von jetzt an gehört jeder Patient, der durch diese Tür kommt, Dir. Jeder. Egal, ob Säugling oder achtzigjähriges Mütterchen. Egal, ob Beinbruch, Windpocken, Schlaganfall, Blinddarmentzündung oder Fehlgeburt. Du siehst dir die Patienten an, und wenn es nichts für uns ist, dann rufst Du den Internisten, Gynäkologen oder wen auch immer und versuchst, den Patienten zu verkaufen. Von sechzehn Uhr bis zum nächsten Morgen um sieben gehört die Notaufnahme Dir allein. Um sieben wirst Du abgelöst. Danach kannst Du nach Hause gehen, wenn Du Deine Arbeit erledigt hast!"

„Wenn ich was erledigt habe?"

Er schaut mich verständnislos an.

„Na, Blut abnehmen, Visite auf Station, Aufnahmen und Entlassungsbriefe..."

Ich muss schlucken.

„Ach ja, und hier ist das Beatmungsgerät," fährt Martin Bückling fort, „Du kannst entweder volumenkontrolliert oder druckkontrolliert..."

„Das machen doch die Anästhesisten!" fällt ihm die diensthabende Schwester ins Wort. Sie schüttelt den Kopf und streckt mir ihre Hand hin.

„Ich bin Anna. Wir duzen uns alle hier in der Ambulanz, okay?"

Ich schüttle ihre Hand und nenne meinen Vornamen.

„Mach Dir mal keinen Kopf..." sagt Schwester Anna leise.

Ich nicke ihr zu.

Mein Kollege hat unseren Wortwechsel nicht mitbekommen und deklamiert unbeirrt weiter.

„...Richtig. Sollte ein Patient beatmungspflichtig werden, rufst Du natürlich sofort den Anästhesisten," sagt er, „Ich zeige Dir trotzdem noch schnell den Defi..."

Den Defibrilator? Ich hoffe nur inständig, dass ich das Ding heute Nacht nicht brauchen werde.

„Wenn's ernst wird, ruf den Hintergrund an! Aber denk daran, unser Oberarzt mag es nicht, wenn man ihn nachts wegen nichts und wieder nichts herausklingelt!"

Er sagt's und verpisst sich. Mir dröhnt der Schädel. Ab jetzt bin ich der einzige Arzt im Haus.

Also, denn mal frisch ans Werk! Zuerst mal sehen, was auf den Stationen los ist: Schlafmittel verschreiben. Infusionen anhängen. Antibiotika spritzen. Es ist gerademal fortgeschrittener Nachmittag, die Nacht ist noch lang!

Draußen scheint noch die Sonne, hier drinnen gibt's nur Neonlicht.

Ich schlurfe über lange, leere Krankenhausflure... Schlapp, schlapp, schlapp. Elektrische Türen schwingen auf Knopfdruck auf und schließen sich brav wieder hinter mir, dabei machen sie ein charakteristisches Geräusch: erst „brrrrummm", dann „wusch". Dieses Geräusch ist mir bald ebenso vertraut geworden wie der Geruch: eine Mischung aus Pisse und Desinfektionsmitteln, wie es sie nur in Krankenhäusern gibt.

Dann geht der Piepser: Gespräch von draußen.

„Hallo?"

„Wer bist'n Du?" krächzt es zurück.

Ich nenne meinen Namen.

„Also, hier ist die Monika..."

Ich grüble nach. Wer um alles in der Welt ist Monika?

„...wir kennen uns noch nicht! Biste neu hier?"

„Könntest Recht haben."

„Also denn man von vorn: Ich bin hier niedergelassene Hausärztin und ich hab da ne Patientin für Dich. Ist schon irgendwie 'ne komische Nummer, erzählt mir was von Herzrasen und Bauchschmerzen, aber ich glaub das nicht so richtig... wirste ja selber sehn, die ist in 'ner halben Stunde bei Dir!"

Sie ist schon in einer Viertelstunde da: eine schlanke Mittvierzigerin mit langen schwarzen Haaren und traurigen Augen. In ihrem Schlepptau ist ein rundlichen Mann mit weißen Haaren und Schnauzbart. Der Kerl will nicht von ihrer Seite weichen.

„Guten Abend. Was führt Sie denn zu uns?"

Der Schnauzbart drängt sich dazwischen:

„Herr Doktor, meine Frau versteht kein Deutsch. Lassen Sie mich mal..."

Die Frau nickt mir zu.

„Haben Sie Schmerzen?" frage ich.

„Doktor fragen ob weh tut!"

Die Patientin nickt zustimmend.

„Wo tut's denn weh?"

„Doktor fragen..."

Schwester Anna deutet höflich aber bestimmt in Richtung Wartezimmer.

„Es wäre wohl besser, wenn Sie vielleicht einen Moment lang draußen warten könnten..."

„Aber meine Frau..."

„Danke, ich glaube, wir kommen schon zurecht!" sage ich und nicke ihm zu. Widerwillig verlässt er den Raum. Ich wende mich wieder der Patientin zu.

„Also, Sie haben Schmerzen?"

„Ja, im Unterbauch, hier auf der rechten Seite!"

Sie spricht mit starkem osteuropäischem Akzent.

Ich untersuche sie: Mäßiger Druckschmerz, aber der Bauch ist weich, keine Abwehrspannung, kein Peritonismus. Also, wenn wir im Labor nichts auffälliges finden, dann könnte sie ja eigentlich heute Abend wieder heim...

„Und das Herzrasen?"

„Das kriege ich immer, wenn er mich anschreit."

„Tut er das öfters?"

„Fast jeden Abend."

„Schlägt er Sie?"

Sie sagt nichts.

„Hören Sie," sagt Schwester Anna, „Er hat kein Recht, Sie zu schlagen! Wenn er das tut, sollten Sie zur Polizei gehen..."

„Polizei? Nein! Keine Polizei!"

„Warum denn?"

„Keine Papiere. Keine Aufenthaltserlaubnis..."

Ich nehme ihr Blut ab.

„Sie sollten besser über Nacht hier bleiben!" sagt Schwester Anna und wirft mir einen bedeutungsschweren Blick zu.

Ich runzle die Stirn. Warum? Sieht doch eher nach einer harmlosen Magen-Darm-Geschichte aus. Jedenfalls nicht Schlimmes, und auf keinen Fall eine Blinddarmentzündung. Oder vielleicht...?

„...der Kerl soll ihr heute Nacht bloß nicht zu nahe kommen!" zischt Anna mir zu, so dass die Patientin es nicht mitbekommt.

Wenig später kommt Schnauzbart wieder hereingepoltert.

„Schwester sagen, Du müssen..."

„Ich weiß schon!" sagt die Patientin, und es klingt ziemlich scharf.

Er wirkt erstaunt.

„Du wirklich wollen hier bleiben?"

„Sie bleibt heute Nacht hier!" sage ich und bemühe mich, möglichst bestimmt zu klingen was mir nicht unbedingt gelingt, „Und was die Anzeige wegen Körperverletzung angeht..."

„Was hat diese Schlampe Ihnen erzählt? Sie kann nichts beweisen.... es ist Aussage gegen Aussage..."

„Besser, Du gehst jetzt!" sagt Anna leise und schiebt mich sachte zur Tür.

Ich flüchte hinauf auf Station zwei.

Schwester Gerdi hat Nachtdienst.

„Sie kriegen gleich einen Zugang!" berichte ich, „Eine Frau, die es sicher nicht leicht hat im Leben... Seien Sie nett zu ihr..."

„Wir sind auch nett zu Dir," sagt Gerdi, „vor allem wenn Du nicht darauf bestehst, Dich siezen zu lassen!"

Sie streckt mir ihre Hand entgegen. Ich drücke sie und nenne meinen Vornamen.

„Und wie hast Du Dich eingelebt?" fragt sie.

„Geht so," sage ich. „Sofern man zum Leben kommt... außer Krankenhaus habe ich noch nicht viel gesehen... bei den Arbeitszeiten hier."

„Wie geht's mit den lieben Kollegen?"

Ich schaue sie an.

„Denkst Du an einen bestimmten?"

Sie lacht.

„Es gibt verschiedene Arten von Ärzten. Die einen stehen auf unserer Seite, die anderen nicht. Und glaub mir, wir merken schon, ob sich jemand kollegial verhält oder nicht..."

Sie nimmt eine Kaffeetasse und schenkt mir ein.

„Milch und Zucker?"

„Danke, nur Milch."

Sie schaut mich an.

„Und wie geht's so privat? Hast Du eine Freundin?"

„Das ging jetzt aber unter die Gürtellinie!"

„Also keine Freundin. Na gut, dann müssen wir eine für Dich suchen!"

„Danke, das werde ich schon selber schaffen!"

Gerdi lacht.

„Davon bin ich überzeugt. Was glaubst Du, was hier gebaggert wird!"

„Mit Erfolg?"

„Da könnte ich Dir so einige Geschichten erzählen...."

„Ich dachte, das gibt's nur in schlechten Fernsehserien."

„Aber hallo! Unser Oberarzt zum Beispiel..."

„...führt in seinem Cabrio ständig wechselnde Blondinen spazieren und seine Frau weiß von Nichts. Hab ich schon gehört!"

Gerdi ist perplex.

„Woher weißt Du denn das?"

„Man hat halt seine Informanten!"

Gerdi ist in ihrem Element und hebt an um weitere Geheimnisse zum Besten zu geben, allerdings meldet sich in diesem Moment mein Piepser. Die Notaufnahme.

„Was ist denn los?"

„Das Rosa Telefon!" sagt Schwester Anna.

Wie bitte?

„Mach keine Witze, komm runter!"

Das Rosa Telefon, erfahre ich später, war früher mal rot gewesen und ist der direkte Draht zur Rettungsleitstelle. Wenn das Rosa Telefon klingelt, dann stellt man keine Fragen, sondern trommelt das Team zusammen und macht sich auf das Schlimmste gefasst.

Das Schlimmste, das ist in diesem Fall: bewusstlose Person, Herz-Kreislaufstillstand, Reanimation durch Notarzt und Sanis. Ankunft in fünf Minuten.

Fünf Minuten können verdammt schnell vergehen, wenn man im Aufnahmezimmer versucht, Klarschiff zu machen.

„Hol schon mal den Defi!"

Wo war das verdammte Ding noch mal?

Schwester Anne wuselt schnell selbst um die Ecke, stellt Defi und Sauerstoffflasche bereit und hängt sich ans Telefon um Anästhesie und internistischen Hintergrunddienst benachrichtigen. Erstaunlicherweise sind Beide in wenigen Minuten da.

„Eine gute Reanimation funktioniert wie ein Uhrwerk!" sagt Schwester Anna leise zu mir, „Herzmassage, Beatmung, Elektroschock, Adrenalin - alles aufeinander abgestimmt. Notarzt,

Anästhesist und Internist sind ein eingespieltes Team. Du hältst Dich am besten im Hintergrund und tust, was man Dir sagt!"

Kaum sind wir alle in Habachtstellung, da hören wir auch schon das Martinshorn und Sekunden später sind sie in der Tür.

Der Notarzt betet mit routinierter Stimme die Geschichte runter: Zweiundfünfzig Jahre, weiblich, deutlich übergewichtig, laut Angehörigen bekannte Vorgeschichte mit koronarer Herzkrankheit, klagte seit drei Tagen über Schmerzen in der Brust, bei Ankunft der Sanis auf dem Boden liegend, offensichtlich gestürzt, pulslos, Schnappatmung.

Der Notarzt hat intubiert, die Reanimation war primär erfolgreich, daher unter voller Reanimation Transport in die Klinik. Und hier sind sie jetzt: Ein Sani macht Herzmassage und der andere beatmet mit Maske und Beutel.

Ich fühle mich überfordert und weiß nicht, wo mein Platz ist. Die Kollegen haben anscheinend alles unter Kontrolle: Die Sanis werden abgelöst, der Anästhesist schließt das Atemgerät an, der Internist führt die Herzmassage fort. Schwester Anna drückt mir wortlos eine Braunüle, Staubinde und Blutröhrchen in die Hand. Ich begreife.

Ich finde eine Vene, lege den venösen Zugang und nehme Blut ab. Anna nimmt mir die Röhrchen aus der Hand und Sekunden später sind sie auf dem Weg ins Labor.

Die Pupillen der Patientin sind weit und entrundet. Im EKG zeigt sich nur ein diffuses Zittern. Also gut, einen Versuch ist es wert: Der Internist greift das Defi, legt die Elektroden an.

„Und jetzt alle Mann wegtreten vom Patientenbett!"

Der erste Elektroschock. Die Muskeln der Patientin spannen sich ruckartig an, es sieht aus als hüpfe sie ein paar Zentimeter in die Höhe.

Der Notarzt spritzt Adrenalin, weiter Herzmassage, dann noch ein Elektroschock.

Keine Veränderung. Im EKG sieht man jetzt eine fast vollständig flache Linie. Das Herz schlägt nicht mehr. Asystolie heißt das auf medizinisch. Weitere Elektroschocks lohnen sich nicht mehr. Dennoch ein letzter Versuch. Vergeblich. Auch mit vereinten Mühen ist es uns nicht gelungen, die Patientin aus dem Jenseits zurückzuholen.

Der Anästhesist schüttelt den Kopf..

„Brechen wir ab!"

Die beiden Sanis schauen mich an.

„Deine erste Reanimation?"

Ich nicke ein wenig betreten.

„Mach Dir nichts draus. Wirst Du noch öfters erleben!"

Er streckt mir seine Hand entgegen.

„Ich bin Horst. Seit zwanzig Jahren im Geschäft. Und wenn ich Dir einen Tipp geben darf: Vergiss alles, was Du in amerikanischen Krankenhausserien im Fernsehen gesehen hast."

Der andere Sani streckt mir seine Hand entgegen.

„Ich heiße Willy und bin seit fünfzehn Jahren dabei! Glaub mir: Neun von zehn Reanimationen enden mit dem Tod des Patienten. Und zwar auch dann, wenn sie vollkommen fachgerecht durchgeführt werden."

Stimmt, so ähnlich hatte man uns das auch auf der Uni erzählt.

„Trotzdem ist es immer eine Niederlage!"

Schwester Anna schüttelt den Kopf.

„Wenn die Frau überlebt hätte, nach einer halben Stunde Reanimation, dann hätte sie nichts mehr vom Leben gehabt. Die hätte längst irreversible Hirnschädigungen durch den Sauerstoffmangel... glaub mir, es ist besser so!"

Schwester Anna greift zum Telefon.

„Hol und Bringedienst? Wir haben eine für den Keller!"

„Was ist mit den Angehörigen?" frage ich.

„Die wissen schon alles." sagt der Notarzt, „Ich werde aber noch mal mit ihnen reden."

Er geht raus.

„Und Du gehst jetzt schlafen!" kommandiert Anna.

Die beiden verabschieden sich und wenige Minuten später höre ich den Krankenwagen wegfahren, diesmal ohne Martinshorn.

Ich erledige die Formalitäten.

Dann drehe ich noch eine Runde durch das Haus.

Der übliche Kleinkram: Laborbefunde anschauen. Blut abnehmen.

Smalltalk hier, Smalltalk dort. Die Nachtschwester auf der Eins zeigt mir ihre Urlaubsbilder. Mallorca. Ich heuchele Begeisterung.

Abstecher in die Stationsküche. Kaffee, der vom langen Stehen auf der Warmhalteplatte längst bitter geworden ist. Mit viel Milch und Zucker kann man ihn noch trinken. O Scheiße, die Milch war sauer und gerinnt in der Tasse. Alles in den Ausguss schütten und weiter geht's .

Schlapp, schlapp, schlapp. Ich bewege mich schlafwandlerisch dahin, in einem undefinierbaren Zwischenzustand zwischen Wachsein und Tagtraum, von einer Station zur nächsten.

Wer lange genug Student gewesen ist, sollte keine Probleme damit haben, Nächte durchmachen.

Aber erstens ist eine Nacht ohne Alkohol viel länger als eine Nacht mit ein paar Flaschen Wein im Kreis guter Freunde und zweitens... zweitens ist eine Nacht in weißbekitteltem Zustand eben doch etwas anderes.

Dann noch ein paar Kleinigkeiten unten in der Ambulanz, und dann schlurfe ich langsam in Richtung Arztzimmer, wo ich auf dem unbequemen Sofa im Halbschlaf versinke.

Das Licht bleibt an, Telefon und Piepser keine Armlänge weit weg. Der Rest der Nacht bleibt ruhig.

7.)

Um sieben Uhr ist der Nachtdienst zu Ende.

Endlich trudeln die anderen Kollegen ein - frisch und ausgeschlafen. Ich hingegen habe Ringe unter den Augen.

Auf geht's zur üblichen Stehversammlung in Zimmer eins. Heute bin ich an der Reihe. Gespielt-routiniert bete ich die Ereignisse der vergangenen Nacht herunter.

Zustimmendes Nicken vom Chef.

„Das war's?"

Ich nicke müde.

„Vielen Dank!"

Er steht auf und alles stürmt raus.

So, und jetzt hab ich also Feierabend. Wirklich?

Kollege Martin Bückling gibt sich gnädig:

„Nimm halt noch eben das Blut ab, mach Visite, klär die zwei Patienten für die OP auf, und wenn Du dann Deine Entlassungsbriefe diktiert hast, kannst Du nach Hause gehen!"

Sagt's und verschwindet im OP.

Ich mache mich seufzend an die Arbeit.

Gerade bin ich mit der Visite fertig, da geht der Piepser. Uwe ist dran.

„Kannst Du uns im OP helfen?"

Na prächtig!

Natürlich könnte ich diese Bitte ablehnen. Könnte. Will sagen: rein hypothetisch bestünde die zumindest theoretische Möglichkeit... aber so etwas macht man nicht. Das gehört zu den ungeschriebenen Regeln hier: Teil des Bord-Ethos auf unserem Raumschiff.

Ich schlucke meinen Ärger hinunter und mache mich auf den Weg zur Umkleide. Nix mit Schlafen also. Stattdessen jetzt noch ein paar Stunden lang Maul und Haken halten.

Im Aufenthaltsraum sitzt Martin Bückling, trinkt Kaffee und schaut an mir vorbei. Stefan Wozniak deutet mir mit einer Kopfbewegung an, mitzukommen.

„Nur eine Leistenhernie. Das ist kurz und schmerzlos!"

Anschließend eine Bauch-OP mit Oberarzt Biestig. Die dauert länger als geplant: Biestig versucht vergeblich, einen künstlichen Darmausgang umzubauen. Das klappt nicht so, wie er sich das vorstellt, also flucht er vor sich hin. Es dauert und dauert. Dann ritzt er zu allem Ärger auch noch aus Versehen die Harnblase an. Betretenes Schweigen. Chef wird gerufen, schneit Minuten später herein und rettet die ganze Sache noch irgendwie.

Auf dem Flur läuft mir Sonja über den Weg und strahlt mich an. Ich strahle zurück, so schön und breit wie ich angesichts der Umstände kann, aber da ist sie schon hinter der nächsten Ecke verschwunden.

Später finde ich sie im Aufenthaltsraum wieder und versuche, ein paar Worte mit ihr zu wechseln, aber Hilde platzt rein und scheucht sie auf. Wenn dann noch Biestig und Bückling aufkreuzen, ziehe ich es vor, mich zu verkrümeln.

Es geht eh gleich weiter: Eine Analfistel mit Stefan, dann ein Blinddarm und ich wage nicht, auf die Uhr zu schauen.

Wenn ich endlich aus dem OP rauskomme, krieche ich auf dem Zahnfleisch. Ich schleppe mich nach Hause und falle ins Bett.

Aber es soll noch schlimmer kommen: Mittwoch ist im OP Großkampftag angesagt.

Uwe hat Dienst gehabt. Die Nacht war schrecklich gewesen. Jedenfalls ist er todmüde und will nur noch heim. Theoretisch darf er ja nach der Visite gehen. Das täte er auch gerne, denn heute Mittag hat er einen wichtigen Termin. Aber zwischen Theorie und Praxis ist eine weite Kluft. Um fünf nach sieben macht ihm der Chef einen Strich durch die Rechnung:

„Machen Sie heute die Ambulanz?"

Das ist keine Frage, sondern ein Befehl. Uwe nickt und schaut betreten zu Boden.

„Ich kann Dich ja ablösen, wenn ich aus dem OP komme!" zische ich ihm zu, weiß aber gleich, dass wohl nichts draus werden wird.

„Ist schon okay!" sagt Uwe.

„Und Dein wichtiger Termin?"

Er winkt ab.

„Macht nichts."

Alle, bis auf Uwe sind für den OP eingeteilt. Chef hat ein immens dickes Programm angesetzt. Wer soll also die Stationen versorgen? Uwe ist wohl in der Ambulanz mehr als genug beschäftigt. Abgesehen davon, dass er ja im Grunde Feierabend hätte. Die Schwestern maulen, wenn ich ihnen sage, dass die Visite wohl, wenn überhaupt, dann erst am späten Nachmittag stattfinden wird.

„Und an wen wenden wir uns, wenn irgendwas ist?" fragt Gerdi.

„Keine Ahnung," sage ich, „Jedenfalls nicht an mich."

„Wir hätten Dich eigentlich für sozialer gehalten!"

„Beschwert Euch doch beim Chef!"

Ich merke, dass ich Sympathiepunkte verloren habe. Aber heute ist mir alles egal. So richtig scheißegal. Ich tu, was man mir sagt und für die Organisation sind andere zuständig. Soll der Laden doch auseinanderfallen, ist alles nicht mein Problem! Ich gehe jetzt in den OP und was sonst auch immer noch auf der Welt passieren mag geht mich nichts mehr an. So macht man das als Chirurg! Inzwischen beginne ich, zu kapieren: In den OP zu gehen, das kann auch etwas Befreiendes haben. Hirn abschalten, Maul und Haken halten. Fröhlich vor mich hinpfeifend mache ich mich auf den Weg in Richtung OP-Umkleide.

In allerletzter Minute stellt der Chef den Plan noch mal um. Biestig soll mit Bückling und mir noch schnell eine künstliche Hüfte einbauen.

Ich schleuse mich ein und wasche mich.

Eine Hüft-Totalendoprothese - kurz TEP genannt - ist für einen erfahrenen Knochenchirurgen eine Routineangelegenheit. Für den zweiten Assistenten - also mich - ist das Ganze eine undankbare Aufgabe. Mein Job ist es, das Bein des Patienten hochzuheben, und so ein Bein ist ziemlich schwer.

Während mir also allmählich die Arme schwer werden, bastelt Biestig mit verschiedenen Werkzeugen herum, sägt Knochenstücke ab und flucht dabei, weil es ständig nachblutet. Die Blutung kriegt er nicht in den Griff.

„Herrgottverdammichnochmal!"

Biestig flucht weiter, legt die Wunddrainage und näht zu. Die Drainageflasche füllt sich beängstigend schnell mit dunkelroter Flüssigkeit.

Biestig schüttelt den Kopf, trennt die Nähte wieder auf und sucht in der Operationswunde nach einer Blutungsquelle. Er findet ein kleines Blutgefäß, koaguliert es und näht wieder zu. Hat die Blutung aufgehört?

„Na ja, wenn ich ehrlich sein soll, würde ich sagen, es blutet immer noch genauso stark!", sagt Schwester Hilde.

Biestig flucht. Wo kommt all das Blut bloß her? Keine Ahnung.

„Also lassen wir es dabei!" brummt er und näht zu.

Wir gehen rüber in OP-Saal Nummer zwei.

Ein akuter Bauch von der Intensiv: Chefsache.

Die Patientin ist am Freitag mit bekanntem Dickdarm-Tumor aufgenommen worden. Chef hat sie angeschaut, ist aber das ganze Wochenende lang ziemlich drum herumgeschlichen. Hat sich nicht getraut, zu operieren, weil die Dame vom Kreislauf her nicht gut beisammen und das Risiko zu hoch war. Am Montag hat er sich doch zur Operation entschieden: Entfernung des halben Dickdarms, anschließend Verlegung der Patientin auf die Intensivstation. Gestern hat sich ihr Zustand dann immer weiter verschlechtert und seit heute Früh hat sie auch noch Fieber. Der Internist hat bei der Ultraschall-Untersuchung freie Flüssigkeit in der Bauchhöhle gefunden. So was ist immer ein schlechtes Zeichen: Entweder ist der Darm geplatzt oder irgendwo blutet es. In jedem Fall Alarmstufe Rot. Der Anästhesist hat die Patientin schon auf der Intensivstation intubiert.

Sie wird in den OP geschoben. Das Abdomen ist aufgedunsen: kugelrund wie ein Fußball.

Die Haut ist bleich und kaltschweißig, Blutdruck niedrig und Puls rasend schnell. Kurz und gut: Akuter Schockzustand. Die Dame gehört dringendst unters Messer.

Auf geht's!

Aus der Wunddrainage quillt Stuhlgang.

Schwester Hilde schließt den Sauger an und drückt Martin Bückling das Schlauchende in die Hand.

„Na denn, Scheiße Marsch!" sagt der.

Die stinkende Brühe quillt literweise aus dem Bauch.

Chef kommt rein: Abdecken, Hautdesinfektion, Schnitt.

Man braucht gar kein Skalpell: Chef rupft bloß die alten Nähte heraus, der Bauch lässt sich danach stumpf auftrennen und platzt fast von selbst auf.

Auch drinnen ist alles voller überriechender Flüssigkeit: Anastomoseninsuffizienz mit Stuhlfistel. Auf deutsch: Die Nähte im Darm haben nicht gehalten und durch das Leck ist Darminhalt in die freie Bauchhöhle gelangt.

Der Chef entfernt ein Stück Darm, verlegt den Darmausgang in die Bauchwand und verschließt das hintere Ende. Anus Präter mit Hartmann-Situation heißt so was in der Fachsprache. Es scheint zu helfen, der Kreislauf ist jetzt stabil.

Während wir den Bauch zunähen kommt von der Intensivstation die Nachricht, dass der Patient mit der künstlichen Hüfte von heute Früh immer noch weiter blutet.

Chef schickt Bückling raus zum nachschauen. Nach wenigen Minuten kommt der wieder zurück. Die Hüfte blutet wirklich immer noch kräftig nach.

„Also gut, schickt sie noch mal runter!" sagt der Chef.

Es dauert noch eine Weile, bis der Patient bereit ist.

Ich gehe in den Aufenthaltsraum. Chef sitzt allein über eine Tasse Kaffee gebeugt da und scheint schlechte Laune zu haben. Die anderen gehen ihm aus dem Weg. Also trabe ich lieber in die Umkleide und ziehe mich komplett um. Auf diese Weise habe ich endlich einmal Gelegenheit, zu pinkeln - Chirurgen brauchen eine starke Blase. Anschließend drücke ich mich auf dem Flur herum.

Dann wird der Hüft-Patient auch schon mit seinem Bett hereingefahren.

Ich wasche mich.

Patient schläft und wird wie üblich mit den grünen Tüchern abgedeckt. Der Chef lässt sich einen Schemel bringen und setzt sich. Biestig und ich stehen neben ihm, Haken und Sauger bei Fuß.

Chef trennt die Nähte von heute Früh auf. Aus der Wunde rinnt Blut. Aber wo kommt es her? Blick zur Anästhesie:

„Stimmt die Gerinnung?"

„Ja, die ist in Ordnung," sagt der Anästhesist.

„Herrgottverdammichnochmal!" murmelt Biestig.

Der Chef wurstelt hier und da herum, schüttelt den Kopf.

„Haben Sie noch eine Idee? Ich habe nämlich keine mehr!"

Biestig schweigt betreten.

„Also gut," fährt der Chef fort, „Das ist jetzt keine chirurgisch stillbare Blutung mehr. Nähen wir zu. Wer hat Nachtdienst? Gebt Thrombozytenkonzentrate, wenn Ihr die Blutung nicht anders zum Stehen bekommt!"

Operation beendet. Feierabend? Nee, nix Feierabend. Noch ein Punkt!

Ein „Punkt" ist ein Patient, reduziert auf einen Eintrag im OP-Plan, von welchem einer nach dem anderen abgehakt wird. Unser letzter Punkt ist ein akuter Bauch.

Der Bauch – natürlich der Patient mit dem Bauch, aber uns im OP interessiert halt nur der Bauch – also der Bauch ist heute früh zu uns gekommen. Uwe hat ihn aufgenommen: Verdacht auf eingeklemmten Leistenbruch.

„Aber der Patient hat nichts!"

Stefan steht in der Schleuse.

„Ich hab ihn mir angesehen, Abdomen weich, keine Abwehrspannung - wollen Sie selbst noch mal nachschauen, Herr Chefarzt?"

„Ach, macht den doch auch noch schnell!", ordnet der Chef an.

Stefan schüttelt den Kopf.

„Wenn Sie wirklich meinen, Herr Chefarzt..."

Ich rufe auf der Station an.

„Schickt den Patienten runter!"

Wieder warten.

Immerhin, das wäre es dann für heute!

In der Küche werkelt Sonja herum. Sie hat Geburtstag und hat eine Käseplatte mitgebracht, die aber schon ziemlich abgenagt ist. Ich habe Hunger und mache mich über die Reste her.

„Herzlichen Glückwunsch!" sage ich. „Darf man fragen, wie jung Du geworden bist?"

Sie lacht.

„Das musst Du schon selbst raten!"

Ich schaue sie an. Wie alt mag sie sein? In dem unförmigen OP-Kittel lässt sich ihre schlanke Figur nur erahnen. Sie hat den Mundschutz hinuntergeschoben und unter ihrer Haube lugt eine blonde Strähne hervor.

„Fünfundzwanzig?"

Sie lacht noch mal.

„Na, dann rate mal weiter! Ich hab jetzt Feierabend!"

Sie geht in Richtung Umkleide.

Ich schau ihr nach. Ich wäre gerne mitgegangen.

„Viel Spaß noch beim Feiern", rufe ich ihr nach, „und danke dafür, uns vor dem Verhungern zu retten!"

Stefan Wozniak kommt rein und steckt sich ein Stück Käse in den Mund.

Endlich wird unser Patient eingeschleust.

Stefan operiert schnell. Er ist nicht überzeugt.

„Hab ich doch vorhin schon gesagt, dass der nichts hat!"

Na ja, ein kleiner Leistenbruch, aber auf keinen Fall eine Inkarzeration.

„Jetzt, wo er operiert worden ist, kriegt er vielleicht irgendwann ein Rezidiv." behauptet Stefan.

Eine halbe Stunde später sind wir fertig.

Endlich. Es ist schon vier Uhr durch.

Ich gehe rauf auf die Zwei. Bückling ist zwar schon eine Stunde vor mir aus dem OP rausgekommen, aber.... was auch immer er in dieser Stunde getan hat, die Arbeit hat er für mich übrig gelassen. Jetzt steht er in Zivilklamotten im Arztzimmer und macht sich auf den Heimweg.

„Kannst auch bald heim!" tröstet er mich, „mach nur noch schnell Visite, dann kannst Du gehen!"

Zusammen mit Schwester Gerdi ziehe ich los. Es wird nur ein Schnelldurchgang. Immerhin können wir morgen ziemlich viele Patienten entlassen. Das heißt für mich: Entlassbriefe schreiben.

Dann muss ich noch eine Bluttransfusion anhängen, und das war's dann endlich für heute.

8.)

Wochen, Monate sind vergangen. Inzwischen kenne ich mich aus, inzwischen habe ich Routine, bin ein echter alter Hase geworden.

Es ist wieder einmal Freitag.

Wieder einer von diesen Tagen, an denen man unausgeschlafen aufwacht, vom frühen Morgen an müde ist und den ganzen Tag lang schlechte Laune hat. Bad Dingenskirchen rüstet sich zum Wochenende und ich rüste mich zur Nachtschicht in der Notaufnahme. Verschärfte Bedingungen heute: Im *McButterbread's*, dem örtlichen *Irish Pub* findet eine Riesenparty statt.

„Der Geheimdienst muss etwas ins Trinkwasser gekippt haben!" sagt Schwester Anna, die heute das Kommando hat, „Irgendwas, was die Leute aggressiv macht!"

Was, um alles in der Welt, treibt jemanden dazu, mit der Faust auf eine Wand einzudreschen?

Der Typ mit Schnauzbart, so Anfang dreißig, schätzungsweise zwölf große Guinness intus, schweigt sich aus.

„Was für 'ne Wand war das denn?" frage ich.

Der Patient grummelt etwas Unverständliches. Sein Handrücken ist dick blau geschwollen, über den Knöcheln sind ein paar kleine Schürfwunden. Die Wunden könnten von den Zähnen dessen stammen, dem er die Fresse poliert hat. Ehrlich gesagt, sehen diese Wunden ziemlich nach Zahnabdrücken aus. Dann handelt es sich allerdings nicht um Schürf- sondern um Bisswunden, und die müssen viel sorgfältiger behandelt werden. Ein menschlicher Mund ist so ziemlich die wildeste Bazillenparty, die man vorstellen kann, vor allem wenn besagter Mund gerade aus einer Bad Dingenskirchener Kneipe gekommen ist.

„Und seit wann beißen Wände zurück?"

Er starrt mich mit glasigen Augen an. Er kapiert nicht. Soll ich deutlicher werden?

„Hatte die Wand 'nen Namen?"

Er scheint zu verstehen.

„Ich schlage keine Menschen!"

„Ich auch nicht. Die Sache ist nur so: Bisswunden entzünden sich ziemlich leicht. Jemandem aufs Maul zu hauen ist im Grunde nichts Anderes als gebissen zu werden. Kann ganz schön üble Wundinfektionen geben. Hab schon Leute gesehen, die auf diese Weise ihre Hand verloren haben."

Ich schaue ihn scharf an und zucke dann mit den Schultern.

„Daher geben wir bei allen Bisswunden lieber gleich Antibiotika. Wenn's nur 'ne Wand war, ist das natürlich nicht nötig."

Ich fülle die Anforderungskarte für das Röntgenbild aus. Ein paar Minuten später ist er wieder zurück.

„Nix gebrochen. Bloß ein paar blaue Flecken. Nur kühle Umschläge und Schmerztabletten und komm wieder, wenn es nicht besser wird!"

Er scheint etwas verlegen.

„Ach, Herr Doktor... könnte ich vielleicht doch ein paar Antibiotika kriegen?"

Schwester Anna schüttelt den Kopf.

So, und jetzt erst mal 'nen Kaffee, und dann der Nächste bitte!

Der Nächste?

Ich greife mir das Krankenblatt: Ein Junge, noch keine zwanzig Jahre alt.

Tiefe Schnittwunden am linken Oberschenkel. Wie hat er das bloß angestellt?

„Na, mit 'nem Messer natürlich!"

„Aha, also ein Unfall?"

Grummel.

„Also kein Unfall?"

Grummelgrummel.

„Hast Du es etwa selbst gemacht?"

Grummelgrummelgrummel.

Ich schau mir die Wunde an. Ziemlich tief, muss genäht werden.

„Und warum?"

Keine Antwort. Selbstverletzen ist zur Zeit ziemlich *in* unter den Kids. Mit Selbstmordversuch hat das nicht viel zu tun, die wollen nur... Ach, was weiß ich, was die wollen, ist doch nicht mein Problem!

„Hast Du so was etwa schon mal gemacht?" frage ich, während ich die Betäubungsspritze aufziehe.

„Ja, bin mal von 'ner Klippe gesprungen. Ich hasse Spritzen!"

Ich zucke mit den Schultern. Das mit der Spritze überhöre ich geflissentlich. War ja nicht meine Idee gewesen, mir ein Messer in den Oberschenkel zu rammen!

„Irgendwelche Gründe?"

„...einfach depressiv. Vorhin, im Radio, da haben sie wieder unser Lied gespielt... Autsch, das tut weh!"

Ich stochere mit der Betäubungsspritze in seinem Oberschenkel herum.

„Keine Bange, das gibt sich gleich.... ach, was ich vergessen hab zu fragen: Du bist doch hoffentlich nicht allergisch? Schon mal vorher örtliche Betäubung gehabt?"

„Ja, damals, als sie mir die Kugel rausoperiert haben..."

„Die Kugel?"

„...als mein Bruder mich ins Bein geschossen hat. Die andere Sache ist in Vollnarkose gemacht worden."

„was für 'ne andere Sache?"

„Da wo er mir 'nen Stein an den Kopf geworfen hat. Schädelbruch."

In was für einem Film bin ich hier?

„Und warum hat er das getan?"

Er schweigt. Ich denke mir meinen Teil.

„Was hast Du denn mit Deinem Bruder angestellt?"

Ich lege die Spritze weg.

„Ab und zu mal verdroschen. Sonst nichts. Autsch, die Betäubung wirkt nicht."

Sei froh, dass Du überhaupt noch was spürst, denk ich, sag ich aber nicht.

„...Das war damals, kurz bevor ich von der Schule geflogen bin..."

Kann einem ja leid tun, der Junge.

Ich greife nach meinem Werkzeug. Schaue mir die Wunde genauer an: Keine tiefen Gefäße verletzt. Also nähen. Wundnaht mit fünf Stichen. Dann Verband drauf und fertig.

„...meinen Vater hab ich nie kennen gelernt, meine Mutter war Alkoholikerin..."

„War? Jetzt nicht mehr?"

„Nein, jetzt nicht mehr. Voriges Jahr gestorben. Leber kaputt."

Bin ich denn Seelenklempner? Bin ich nicht. Aber der Junge bräuchte einen. Und wo kriege ich jetzt einen her? Ist das überhaupt mein Problem? Warum sollte es? Jedenfalls nicht heute Nacht!

„Warst Du schon mal beim Nervenarzt?"

„Schon oft. Die letzte Therapie hab ich abgebrochen, weil..."

Was interessiert mich das?

„Heute Nacht machst Du keinen Blödsinn mehr, verstanden?"

Er weicht meinem Blick aus.

Und wenn Du doch Blödsinn machen würdest, was würdest Du wohl tun? Ich trau mich nicht, diese Frage zu stellen. Stattdessen versuche ich, ein möglichst strenges Gesicht aufzusetzen.

„Und am Wochenende auch nicht, alles klar?"

Er nickt.

Ich kritzle ein paar Sätze ins Krankenblatt, stecke den Durchschlag in einen Briefumschlag und drücke ihm diesen in die Hand.

„Am Montag stellst Du Dich beim Hausarzt vor, okay?"

Vielleicht weiß der ja Bescheid. Vielleicht auch nicht. Irgendwas stimmt hier nicht. Irgendwas ist hier im Busch, irgendwas, das mehr Arbeit erfordert als eine Wundnaht mit fünf Stichen. Aber es ist Freitag Nacht und das Wartezimmer ist voll und niemand kann von mir erwarten, alle Probleme der Welt zu lösen.

„Ich sagte es doch," raunt Schwester Anna, „Der Geheimdienst! Die haben da eine geheimnisvolle Droge ins Trinkwasser gekippt um uns alle verrückt zu machen..."

Sie schlurft wieder davon.

Ich öffne die Tür zum Wartezimmer.

„Der Nächste, bitte...."

9.)

„Lassen Sie den Patienten noch eben schnell unterschreiben!"

Chef sagt's und verschwindet in Richtung OP.

„...und wenn Sie damit fertig sind, kommen Sie auch mit rein!"

Hmm.

Mal eben schnell unterschreiben lassen... Hmm.

„Das sollte doch eigentlich Chefsache sein!" sagt Schwester Gerdi leise und schüttelt den Kopf.

Wer einem Menschen einfach so den Bauch aufschneidet, erfüllt damit bekanntlich den Tatbestand der Körperverletzung. Ein Patient, welcher bereit ist, sich operieren zu lassen, muss deswegen per Unterschrift erklären, dass er mit der Operation einverstanden ist.

Diese Unterschrift ist aber nur dann gültig, wenn der Patient vorher ausführlich informiert wurde: Über den geplanten Eingriff selbst, die Chancen und Risiken und vor allem auch über die Erfolgsaussichten.

Ein guter Arzt sollte sich für so etwas Zeit nehmen: schon allein deshalb, um dem Patienten die Angst zu nehmen.

Aber ein Bad Dingenskirchener Chirurg hat weder Zeit noch Geduld. Er reduziert das präoperative Aufklärungsgespräch auf die Unterschrift und delegiert es an seine Lakaien, während er selbst schon mal das Messer wetzt.

Ich nehme ich die Krankenakte unter den Arm und betrete das Krankenzimmer.

„Guten Morgen!"

Meine demonstrativ vorgetragene gute Laune wirkt unecht.

„Guten Morgen, Herr Scharfrichter!"

Der Schrecken im Gesicht des Patienten ist echt.

Siebenundfünfzig Jahre ist er alt und quittengelb im Gesicht. Vor einer Woche ist er als Notfall von den Internisten aufgenommen worden: Hochakute Exazerbation einer chronischen Pankreatitis. Mit anderen Worten: Die schon chronisch vorgeschädigte Bauchspeicheldrüse ist jetzt plötzlich ganz akut entzündet und kurz davor, den Geist aufzugeben. Für den Patienten heißt das: Zwei Wochen Intensivstation. So eine akute Bauchspeicheldrüsenentzündung kommt oft bei Alkoholikern vor. Und dieser gute Mensch hier schafft ungefähr eine halbe Flasche Korn am Tag. Manchmal auch mehr.

Die Internisten haben bei der Magenspiegelung einen unklaren Tumor im Bereich des Zwölffingerdarms gefunden, Verdacht auf Pankreaskarzinom. Nicht ungewöhnlich bei der Vorgeschichte. Die Gewebeprobe sah bei der Untersuchung unter dem Mikroskop allerdings gutartig aus. Aber das braucht gar nichts zu heißen.

„Typisch Internisten," hat Martin Bückling gelästert, „wahrscheinlich haben sie bei der Biopsie einfach daneben gehauen, so sind sie halt, können alle nix, noch nicht mal richtig treffen bei ihren Probebohrungen..."

Als die Internisten mit dem guten Mann fertig waren, haben sie ihn zu uns rübergeschoben. Und der Chef plant eine Whipple-Operation.

Was ist eine Whipple-Operation?

Bis gestern wusste ich es selbst nicht. Gestern Nacht habe ich dann meine Lehrbücher gewälzt. Der „Whipple" ist sozusagen die Krönung der Bauchchirurgie: eine mindestens dreistündige Operation, im Zuge derer die Bauchspeicheldrüse, sowie Gallenblase und ein Teil des Magens entfernt werden.

Der Chef betrachtet es offensichtlich als eine ganz besondere Ehrung für mich, dass ich ihm bei der Operation assistieren darf. Ich bin in der Tat gespannt, schließlich habe ich so etwas noch nie gesehen.

Uwe war blass vor Neid.

Und jetzt erkläre ich meinem Patienten, was wir mit ihm vorhaben. Ich bin ein wenig stolz auf das „wir", bin stolz darauf, Teil des glorreichen Teams zu sein, welches diese heroische Operation durchführen wird. Schon eine spannende Sache.

Der gute Mann schaut mich an. Blass ist er. Mit hohlen Wangen und Augen, die tief in den Höhlen liegen.

Jetzt weiß er, was wir mit ihm anstellen werden.

„Glauben Sie, wir werden unser Bestes geben!"

„Und das bedeutet?" fragt er.

Ich runzle die Stirn.

„Und das bedeutet.... baldiges Ableben, nicht wahr?"

Er schaut mir direkt in die Augen.

„Na ja..."

Ehrlich gesagt hat er nicht ganz unrecht.

Die Prognose eines Pankreaskarzinoms in fortgeschrittenem Zustand ist schlecht. Und auch eine Whipple-Operation kann leider den Tod oft nur um ein oder zwei Jahre hinauszögern. Wenn man Glück hat, heißt das. Aber das darf ich ihm so nicht sagen.

„...na ja, nicht unbedingt...." sage ich und muss ein wenig flunkern. „Nach den neuesten Statistiken...."

Er unterbricht mich.

„Ich bin siebenundfünfzig Jahre alt... ich will noch nicht gehen!"

„...in Ihrem Falle ist natürlich, was den Alkohol betrifft...."

Ich beiße mir auf die Zunge.

„Ja, ich trinke!"

Es klingt jetzt trotzig.

„Ich trinke, weil ich allein bin... ich bin mein Leben lang allein gewesen... und wenn mir die Bude auf den Kopf fällt, dann trinke ich ein oder zwei Bier und es können auch schon mal sieben werden, so kann ich wenigstens vergessen, dass ich allein bin...."

Und plötzlich bricht es aus ihm heraus, wie ein Wasserfall. Seine ganze Lebensgeschichte: Dass er als Jugendlicher einen schweren Unfall hatte, drei Monate lang in einer Nervenklinik gelegen hat, und das hat ihn ziemlich verändert, hat ihm einen ordentlichen Knacks gegeben.

„Wissen Sie, was das bedeutet, als Gesunder drei Monate lang in einer Nervenklinik zu liegen?"

Nein, er war nicht dumm, sagt er, als Lehrling hatte er gute Noten geschafft und auch später im Beruf...

„Aber diese Einsamkeit, ein ganzes Leben lang... alleine leben... Essen beim Schnellimbiss oder in der Kantine, man schlingt halt das Essen in sich rein, ein paar Bier dazu und ein, zwei Schnäpse hinterher."

Der Patient schaut eine Weile schweigend aus dem Fenster

40

„Das Schlimmste war immer Heiligabend." sagt er.

Hmm, sage ich. Mehr fällt mir nicht ein.

„Ich... ich will noch nicht gehen!"

Er hat Tränen in den Augen.

„Ich falle doch niemandem zur Last. Auch wenn ich gehe, nicht.... ich habe ein kleines Vermögen zusammengespart... so etwa hunderttausend in bar... ich habe ein Haus, das erbt mein Bruder, das habe ich ihm schon überschrieben, ich habe nur noch Wohnrecht drin auf Lebenszeit..."

Ich versuche, ihn aufzumuntern.

„Wissen Sie, nach der Operation..."

Aber er schüttelt den Kopf. Er beginnt zu ahnen, dass er alles verspielt hat und seine Chancen nur noch gering sind.

Er nimmt meinen Kuli und unterschreibt.

„Mein Todesurteil!" sagt er.

Dann drückt er meine Hand.

Ich stehe auf und gehe ins Schwesternzimmer zurück.

Aufatmen. Das wäre erledigt.

Blick auf die Uhr. Jetzt bloß schnell in den OP.

Da warten sie schon auf mich.

„Warum hat das denn so lange gedauert?"

Händewaschen unter dem wachsamen Blick der Oberschwester. Sonja legt mir den grünen Kittel um und reicht mir die Handschuhe. Der Patient wird eingeschleust. Abdecken und Hautdesinfektion.

Chef greift zum Skalpell und setzt den ersten Hautschnitt.

Martin Bückling und ich schauen ehrfurchtsvoll zu und halten schweigend die Haken.

Hinter dem Magen findet sich ein riesengroßer Bluterguss.

„Sauger, bitte!"

Mit schmatzendem Geräusch wird das Zeug abgesaugt.

„Und wo ist jetzt der Tumor?"

Chef sucht den gesamten Bauchraum ab und findet nichts.

„Eine gedeckte Perforation im Duodenum mit Blutung in den Retroperitonealraum. Das Hämatom hat wohl den Pankreasgang abgedrückt!"

Mit anderen Worten: Ein durchgebrochenes Geschwür im Zwölffingerdarm, welches zur Hinterseite hin blutete. Das entstandene Blutgerinnsel hat auf den Ausführungsgang der Bauchspeicheldrüse gedrückt. Jetzt ist das Blutgerinnsel weg und damit wohl auch das, was bei der Magenspiegelung wie ein Tumor ausgesehen hat.

„Schwester Hilde, Schicken Sie mir mal den Internisten!"

Der Internist bringt sein Endoskop mit und führt es in den Magen ein.

„Sehen Sie den Tumor noch?"

Kopfschütteln.

„Dann ist auch keiner mehr da!" beschließt der Chef.

„Typisch Internisten!" stichelt Bückling.

Also: Übernähung der Perforation im Duodenum, Bauch zunähen und ab auf die Intensivstation.

Schade, doch keine Whipple-Operation. Ich kann mir schon den hämischen Ausdruck in Uwes Gesicht vorstellen, wenn ich ihm die Geschichte erzählen werde.

Ein paar Tage später ist der Patient wieder von der Intensiv zurück.

Bei der Visite strahlt er mich grinsend bis über beide Ohren an.

„Haben Sie schon gehört? Es war bloß ein blutendes Darmgeschwür! Kein Krebs! Ich lebe noch!"

„Für diesmal bist Du Freund Hein von der Schippe gesprungen!" sagt Schwester Gerdi.

„Ich schwöre Ihnen, Herr Doktor, von jetzt ab rühre ich keinen Tropfen Alkohol mehr an!"

„Das haben schon viele Alkis behauptet!" sagt Gerdi leise zu mir, später, draußen vor der Zimmertür.

„Ich würd's ihm gönnen, wenn er es durchhält!" sage ich.

10.)

Ich zog meinen Finger aus seinem Arschloch.

War ein bisschen Blut dran und ziemlich viel Scheiße.

„Danke, das reicht. Sie können sich wieder anziehen!"

Ich ziehe die Gummihandschuhe aus und werfe sie in den gelben Mülleimer. Gelb für septischen Müll. Muss verbrannt werden, darf nicht auf die Müllkippe.

„Und, alles in Ordnung?" fragt der Mensch, der an diesem Arschloch dranhängt.

Nichts ist in Ordnung, denke ich während ich mir die Hände wasche. Ganz viel Seife drauf, dann mit Papiertüchern trocken wischen, dann mit Desinfektionslösung hinterher spülen.

Jetzt riecht alles nach Alkohol. Nicht mehr nach Scheiße mit Blut.

„Na ja, Sie haben da eine Geschwulst..."

Fünf Zentimeter von seinem Arschloch entfernt war ein dicker Knubbel. Deutlich zu spüren mit dem Zeigefinger. Und der Knubbel blutet, wenn man ihn anfasst.

„Etwas Schlimmes?"

„Kann man momentan noch nicht sagen," lüge ich, „da müssen wir noch ein paar weitere Tests machen..."

Das ist die offizielle Sprachregelung bei uns im Haus. So lange man noch keine eindeutig dokumentierte Diagnose hat, ist man vorsichtig, sagt man nichts, macht man auch keine Andeutungen. Angeblich um die Patienten nicht unnötig zu verunsichern.

Aber unter uns gesagt: Das was ich da gefühlt habe, das waren keine Hämorrhoiden, das war ein Tumor und ich wette einen Kasten Bier darauf, dass dieser Tumor bösartig ist. Nur dem Patienten, dem sage ich das nicht. Zumindest jetzt noch nicht.

„Wissen Sie, ich hoffe nur, dass es nichts Schlimmes ist!" sagt der Patient und zieht sich die Hose wieder hoch, „Mein Geschäft läuft auf Hochtouren. Ich kann mir momentan keine Fehlzeiten leisten!"

„Was machen Sie denn beruflich?"

„Ich bin Unternehmensberater!"

Hätte ich mir doch denken können! Seine erste Frage, als er vor einer halben Stunde hier aufkreuzte war, ob er denn Internet-Zugang hat in seinem Krankenzimmer. Liegt natürlich privat, erste Klasse, mit Chefarztbetreuung. Hat gleich seinen Laptop ausgepackt und seine drei Handys und dann ganz wichtige Gespräche geführt.

„Was für Beschwerden haben Sie denn?" frage ich.

„Na ja, ein wenig Blut im Stuhl. Und Durchfälle. Dann wieder Verstopfung, dann wieder Durchfälle..."

„Hat sich Ihr Gewicht verändert in der letzten Zeit?"

„Abgenommen habe ich. Bestimmt zehn Kilo in den letzten drei Monaten!"

Nicht einer, sondern zwei Kästen Bier darauf, dass es bösartig ist!

„Schwitzen Sie häufig?"

„Furchtbar. Insbesondere Nachts."

Sorgfältig notiere ich alles auf dem Aufnahmebogen. Hmm. Bin mal gespannt, ob Du noch viele Unternehmen beraten wirst!

„Jetzt nehme ich Ihnen erst mal Blut ab. Und dann geht's zum Röntgen und zum Ultraschall und morgen machen wir ein CT. Und dann eine Darmspiegelung. Da werden wir dann Proben entnehmen, und die werden unter dem Mikroskop angeschaut. Wenn wir alle Ergebnisse haben, dann unterhalten wir uns noch einmal. Dann wird unser Chef entscheiden, wie es weitergeht!"

Ich strecke ihm meine Hand entgegen.

„Irgendwas stimmt hier nicht!" sagt er leise.

Du könntest Recht haben, denke ich und verlasse rasch den Raum.

„Wir sehen uns am Nachmittag wieder!" sage ich, „Bis dahin erst mal auf Wiedersehen!"

Die Tür fällt hinter mir ins Schloss.

Raus hier! Jetzt brauche ich einen Kaffee. Schwarz und möglichst stark.

Dann verziehe ich mich ins Arztzimmer. Ich wollte doch eh Briefe diktieren.

Seufzend greife ich nach der ersten Patientenakte. Schalte das Diktiergerät ein.

„Eins zwo drei... test..."

Ich schlage die Akte auf. Das Diktieren von Entlassungsbriefen ist Strafarbeit.

„Sehr geehrter Herr Doktor..."

Name des Hausarztes?

„...Wir bedanken uns für die freundliche Zuweisung..."

Was um alles in der Welt ist eigentlich eine freundliche Zuweisung?

„...wir bedanken uns für die freundliche Zuweisung des obengenannten Patienten. Diagnose: Akute Appendizitis. Anamnese: Seit zwei Tagen Schmerzen im rechten Unterbauch und Fieber..."

Ob der Hausarzt das nicht selber am besten weiß? Immerhin hat er diesen Patienten doch genau deswegen hierher geschickt!

„...Aufnahmebefund: Guter AZ und EZ..."

„AZ" steht für Allgemeinzustand, „EZ" für Ernährungszustand. Ich arbeite inzwischen lange genug in diesem Laden, aber was mit diesen Floskeln eigentlich gemeint ist, ist mir nach wie vor schleierhaft.

„...Cor und Pulmo auskultatorisch ohne pathologischen Befund..."

Man könnte auch sagen: Als ich Herz und Lunge abgehört habe, ist mir nix besonderes aufgefallen. Warum um alles in der Welt muss man im Krankenhaus lateinisch sprechen?

„Das macht man halt so!" hat Martin Bückling gesagt, als ich ihn gefragt habe.

„Es klingt halt eleganter..." meinte Uwe.

„...Druckschmerz und leichte Abwehrspannung im rechten Unterbauch..."

Ich blättere die Akte durch. Aufnahmeformular. Fieberkurve. OP-Bericht. Befunde: Labor, Röntgen, Ultraschall und EKG. Alles bunte Zettel in verschiedensten Formaten, hinten in die Akte hineingelegt.

Ich nehme die Zettel heraus und überfliege alles.

„Therapie und Verlauf: Nach stationärer Aufnahme und entsprechender Vorbereitung führten wir die Appendektomie durch. Der postoperative Verlauf gestaltete sich komplikationslos, so dass wir ihn bei subjektivem Wohlbefinden in Ihre weitere hausärztliche Betreuung entlassen konnten. Das Nahtmaterial sollte am zehnten postoperativen Tag entfernt werden."

Blick auf das Datum. Der Patient ist vor knapp sechs Monaten entlassen worden. Die Fäden sind also schon vor mindestens fünfeinhalb Monaten gezogen worden.

Das hat der Hausarzt auch hingekriegt, ohne diesen Brief gelesen zu haben. Wenn er ihn demnächst irgendwann in seinem Briefkasten finden wird, dürfte er sich also kaputtlachen. Sofern er ihn denn überhaupt liest. Was aber eher unwahrscheinlich sein dürfte. Was soll der Quatsch also?

Und vor allem: Wann soll ich mir für diesen Scheiß Zeit nehmen? Neben Stationsarbeit, OP und zwei Diensten pro Woche?

„Nimm die Akten doch nach Hause," hat Martin Bückling vorgeschlagen, „Dein Vorgänger hat immer an seinen freien Wochenenden zu Hause diktiert!"

Martin selbst offensichtlich steht da drüber. Ihn habe ich noch nie diktieren gesehen. Allerdings sind schon mehrmals auf wundersame Weise Akten aus seinem Stapel auf meinen Schreibtisch gewandert.

„...und ich verbleibe mit kollegialen Grüßen...."

Was sind kollegiale Grüße?

Name, Unterschrift.

Ich klappe die Akte zu. Die geht jetzt ins Sekretariat, wo sie ein paar Wochen lang auf die Aufmerksamkeit einer Sekretärin warten wird. Bis der Brief dann getippt, unterschrieben und abgeschickt ist, ist der Hausarzt wahrscheinlich schon längst in Rente gegangen.

11.)

Manche Probleme sitzt man am besten aus. Politiker können so etwas bekanntlich auch, aber wir wollen hier ja nicht politisch werden.

Das Problem, welches die beiden Sanitäter soeben durch die Tür geschoben haben, ist etwa Mitte vierzig, männlich und riecht penetrant nach Ceh-zwei-Hah-fünf-Oh-Hah. Man könnte auch sagen, er ist strunzsternhagelvoll und stinkt fünf Meter gegen den Wind nach Alk.

„Das übliche?" fragt Schwester Anna.

Die Sanis nickten.

„Dürfen wir vorstellen? Das ist Fusel-Franze. So eine Art Stammkunde von uns. Den sehen wir öfters!"

Anna grinst ihr fiesestes Grinsen.

„Lasst ihn mal für 'nen Moment da auf der Trage liegen, und die Trage lasst Ihr mal schön auf dem Flur, am besten da vorn, gleich beim Ausgang..."

„Die frische Luft wird ihm gut tun..." sagt Horst, der ältere der beiden Sanis.

„Ihr kommt doch auf 'nen Kaffe rein, oder?!" frage ich und suche zwei halbwegs saubere Tassen.

Fusel-Franze, so erfahre ich, ist im Grunde kein übler Kerl. Tagsüber wohnt er am Bahnhof und schnorrt die Reisenden an. Das Geld setzt er so gegen Nachmittag in Schnaps um und abends schläft er dann irgendwo seinen Rausch aus. Ab und zu hat er einen epileptischen Anfall. Ab und zu wird er dabei beobachtet. Zum Beispiel von jemandem, welcher nächtens seinen Waldi Gassi führt. So ein epileptischer Anfall sieht natürlich ziemlich dramatisch und gefährlich aus. Deswegen wählt dieser Jemand auch in der Regel brav per Handy die Notrufnummer und bestellt einen Krankenwagen. Und weil die Rettungsleitstelle und alle Sanitäter nun ihre Richtlinien und Dienstvorschriften haben, müssen sie Fusel-Franze dann einsammeln und ins Krankenhaus bringen. Dabei will Fusel-Franze gar nicht ins Krankenhaus.

„Keine Angst, Fusel-Franze bleibt normalerweise nicht lange!" sagt Horst.

Fusel-Franze hasst Krankenhäuser. Schon allein deswegen, weil es dort kein Bier gibt.

Anna schlurft zu ihm hinüber und bemüht sich beflissen, den Blutdruck zu messen und ihm ein paar verwertbare verbale Äußerungen zu entlocken.

„Sonst alles in Ordnung?" frage ich die beiden Sanis.

„Kann nicht klagen. War gerade im Urlaub," sagt Horst, „Skifahren in Bulgarien. Nicht schlecht."

„Wusste gar nicht, dass man in Bulgarien Skifahren kann," sage ich.

„Doch, kann man. Schnee gut. Alkohol billig. Aber pass auf, was für Frauen Du ansprichst!"

„Warum?"

Er grinst.

„Na... entweder Professionelle, oder sie sind mit Mafiosi verheiratet!"

„Kann ungesund werden!"

Willy, der andere Sani grinst.

„Mann, erinnerst Du Dich an damals, als es den ‚Pussycat-Club' noch gab?"

„Wie bitte?"

Horst muss ebenfalls grinsen.

„Der ‚Pussycat-Club‘ war ein... na ja, wie soll ich jetzt ausdrücken...“

Willy fällt ihm ins Wort.

„...also, eines jener nicht unbedingt billigen Lokale, die man nicht wegen der Getränke sondern wegen der aufmerksamen Bedienung durch hübsche Frauen aufsucht...“

„Also ein Puff?“

Horst wird ein wenig rot und nickt.

Ich bin beeindruckt.

„So was gibt’s hier?“

Das macht Bad Dingenskirchen ja fast zu einer Weltstadt!

„Nicht mehr. Aber damals ging es ziemlich hoch her!“ sagt Willy.

„Erinnerst Du dich an diesen Kerl, der nicht zahlen wollte?“

Die beiden Sanis lachen.

„Obwohl die Geschichte ja eigentlich gar nicht lustig war!“

Horst beginnt zu erzählen:

„Der arme Kerl war zu Fuß hier reingekommen, eine Blutspur hinter sich herziehend, die durch die ganze Stadt reichte, von diesem Bumslokal bis ins Aufnahmezimmer. Und als er hier auf der Trage lag, tröpfelte es immer noch, ein stetes Rinnsaal aus seiner Hose heraus. Also hat der Chef ihm die Hose unverzüglich mit einem beherzten Ruck ausgezogen.“

Er macht eine Kunstpause.

„Das Bild, das sich uns bot, war gar nicht schön: Weil er, wie schon erwähnt, nicht zahlen wollte, hatte man ihm kurzerhand seine Männlichkeit abgeschnitten. Für die Chirurgen wurde es eine verdammt lange Nacht. Immerhin, der Patient hat’s überlebt. Der ‚Pussycat-Club‘ ist kurz drauf geschlossen worden, aber das ist eine andere Geschichte.“

Anna ist wieder zurück und drückt mir die Karte mit den Daten des Patienten in die Hand.

Ich sehe sie seufzend an und stehe auf.

Ein Blick ins Aufnahmezimmer, ein Blick auf den Flur: die Trage steht noch da, aber wo ist der Patient?

Ich öffne die Tür und sehe gerade noch eine Gestalt um die Ecke biegen und in Richtung Bahnhof wanken.

„Sagte ich doch,“ meint Horst, „Fusel-Franze bleibt normalerweise nicht lange!“

„Die frische Luft hat ihm offensichtlich wirklich gut getan!“ sagt Anna und grinst noch fieser als sonst.

12.)

Der Tag fängt chaotisch an:

Bückling verpieselt sich in den OP. Was er dort macht, kann mir egal sein, jedenfalls bin ich froh, ihn mal ein paar Stunden lang nicht zu sehen. Ich ziehe mich ins Arztzimmer zurück. Keine zwei Minuten später geht der Piepser: Ein Patient ist plötzlich im Gesicht ganz blau geworden und jappst nach Luft.

Also hin zum Patienten, dann Oberarzt geholt und ab auf die Intensiv mit dem Patienten. Dummerweise will Oberarzt Biestig jetzt Visite machen, wo er schon mal hier ist. Dabei ist er wie üblich schlecht gelaunt, stellt alles in Frage und mäkelt herum. Und wenn ich dann etwas von ihm wissen will, drückt er sich vor der Entscheidung. Zwischendurch die Schwestern: Hier läuft die Braunüle nicht, da muss noch dringend Blut abgenommen werden, dort wollen Angehörige irgendwas wissen. Jede Menge Kleinkram und allgemein eine gereizte Stimmung. Soll ich jetzt doch noch in den OP? Eigentlich war ich ganz froh, heute einmal nicht eingeteilt zu sein.

„Bleiben Sie erst mal hier, ich piepse Sie an!"

Der Oberarzt verschwindet. Wenig später die Entwarnung: Die besagte OP wird abgesetzt.

Jetzt habe ich auf einmal ganz viel Zeit. Vielleicht kann ich sogar in Ruhe meine Briefe diktieren.

Aber erst mal setze ich mich rüber in die Küche, wo Gerdi und die anderen Schwestern gerade Kaffee trinken.

Uwe kommt rein und ist gut gelaunt: Er war im OP, hat seinen ersten Blinddarm operieren dürfen und ist mit sich und der Welt zufrieden.

„Ist schon ein tolles Gefühl," schwärmt er, „endlich mal etwas selbst zu machen und nicht bloß Haken halten! Sieh nur zu, dass Du Dich mit dem Oberarzt gut stehst, dann gibt er Dir vielleicht auch bald einen Blinddarm..."

Uwe gießt sich eine Tasse Kaffee ein.

„Ach... und übrigens hat Sonja nach Dir gefragt!"

Der Spinner! Niemals glaube ich das. Trotzdem werde ich rot.

„...weißt Du eigentlich, dass sie noch solo ist?" fragt Uwe.

„Ist das etwa mein Problem?" gebe ich giftig zurück.

„Meins auch nicht!" sagt Uwe mit gespieltem Gleichmut.

Sind denn hier alle durchgeknallt?

Gerdi wird hellhörig.

„Gefällt sie dir?"

Ihr spinnt doch alle! Ich kenn sie ja gar nicht. Habe noch nicht ein einziges Mal mehr als drei Worte mit ihr gewechselt. Obwohl ich ja zugeben muss, dass sie wirklich schöne Augen hat - und mehr als ihre Augen habe ich noch nicht gesehen unter der geschlechtsneutralen OP-Kluft. Aber was auch immer: Euch geht das alles einen feuchten Kehricht an!

„Vergiss sie, die ist nix für Dich!" sagt Gerdi.

„Und warum nicht?"

„Lass es sein! Die ist nicht Dein Typ. Und Du auch nicht ihrer!"

Moment mal, woher willst du wissen, wer oder was „mein Typ" ist? Und überhaupt, was soll das Ganze hier eigentlich? Hat da irgendwer irgendwelche Gerüchte verbreitet?

Ich stehe auf.

„Leute, ich muss arbeiten!"

Ich gehe ins Arztzimmer. Mein Blick fällt auf den Stapel der noch zu diktierenden Krankenakten, aber dazu habe ich jetzt absolut keine Lust. Gibt es sonst noch was zu tun?

Ach ja, noch eine OP-Aufklärung. Dieser Unternehmensberater soll morgen drankommen. Das wird keine leichte Sache! Der Tumor sitzt ziemlich tief im Enddarm. Wahrscheinlich wird man einen künstlichen Darmausgang anlegen müssen. Andererseits hat der gute Mann noch Glück im Unglück, denn es sind keine Tochtergeschwulste gesehen worden, weder im Ultraschall noch im CT . Also eine relativ günstige Prognose – die Wahrscheinlichkeit, dass er die nächsten fünf Jahre überleben wird ist deutlich über fünfzig Prozent.

Ich nehme seine Akte unter den Arm und klopfe an der Zimmertür.

Von drinnen höre ich Stimmen. Ich öffne die Tür und sehe ihn im Bademantel unruhig auf und ab gehen, das Handy am Ohr.

„...unbedingt verkaufen, nein, nicht mehr warten, jetzt... Moment mal..."

Er erblickt mich, runzelt die Stirn und gestikuliert zu mir herüber.

„...Was wollen Sie denn?"

„Ich würde mich gerne mit Ihnen unterhalten über..."

„Geht jetzt nicht. Können Sie ein paar Minuten draußen warten?"

Ich gehe raus. Minuten vergehen....

„So, jetzt können Sie reinkommen!"

Ich folge seinem Befehl.

Er sitzt in seinem Bett, das Handy hat er akkurat neben seinen eingeschalteten Laptop aufs Nachttischchen gelegt.

„Sie wollten mit mir sprechen?"

„Ja, ich wollte mich mit Ihnen über Ihre Diagnose unterhalten."

„Meine... was? Ach ja, jetzt verstehe ich, diesen Knubbel im Darm, meinen Sie?"

„Was wissen Sie denn bereits?"

„Ja... dass da ein Knoten ist. Darmkrebs oder so. Ist das jetzt gutartig oder bösartig?"

„Wir haben jetzt endlich alle Ergebnisse. Es handelt sich leider wirklich um ein Karzinom. Also bösartig. Aber von der Ausdehnung her durchaus noch operabel und deswegen..."

„Sagten Sie dass ich mich operieren lassen muss? Dazu habe ich aber jetzt keine Zeit. Muss übermorgen nach New York. Und dann nach Singapur... Übernächste Woche, da könnte ich vielleicht ein oder zwei Tage frei machen..."

„Es ist eine größere Operation. Möglicherweise werden wir einen künstlichen Darmausgang anlegen müssen. Sie werden mindestens eine Woche bei uns bleiben müssen, wahrscheinlich eher länger..."

„Hören Sie, ich habe momentan leider keine Zeit für so was. Unsere Firma...."

Was geht mich seine Firma an? Wenn der Kerl sich nicht schleunigst unters Messer begibt, dann braucht er sich bald um seine Firma gar keine Gedanken mehr zu machen,

„Sie sind Unternehmensberater, nicht wahr?"

Er nickt.

„So, dann berate ich Sie jetzt mal. Wenn Sie sich nämlich nicht operieren lassen, dann werden Sie nächstes Jahr um diese Zeit nämlich keine Unternehmen mehr beraten..."

Er starrt mich mit großen Augen an. Was habe ich da bloß gesagt? Der Typ ist Privatpatient mit Chefarztbehandlung, erster Klasse!

Ich lege den Aufklärungsbogen auf seinen Nachttisch.

„So. Das können Sie sich jetzt in Ruhe durchlesen und dann unterhalten wir uns später noch mal...."

Ich sehe zu, dass ich aus dem Zimmer rauskomme und lasse die Tür hinter mir ins Schloss fallen. Wenn der sich bloß nicht beim Chef über mich beschwert!

13.)

Wieder mal Freitag Abend: die Bad Dingenskirchener Jugend bricht auf zum allwöchentlichen Wettsaufen. Schnell noch mal die Lokalzeitung durchgeblättert: Im *‚Delirium'* ist heute Siebzigerjahre-Fete, und im *‚MacButterbread's'* Happy Hour von neun bis zehn. Großes Guinness zum Sonderpreis. Mann, da wäre ich jetzt auch lieber. Stattdessen... mein Stammlokal hat die ganze Nacht geöffnet.

Die Happy Hour ist grade vorbei, es ist noch nicht mal Mitternacht, da macht ein Mitzwanziger in unserem gastlichen Haus seine Aufwartung. Ein Hüne von einem Mann, blond wie ein wahrer Recke, Typ Vokuhila-Oliba, was soviel heißt wie: Haar vorn kurz, hinten lang, dazu Oberlippenbart.

Schätzungsweise fünf halbe Liter Bier intus, nicht mehr. Er krümmt sich vor Schmerzen.

„Was ist los, Meister?"

„O Mann... wenn meine Frau das erfährt..."

Ich denke einen Moment nach. In meinem Kopf rattert es. Den *‚Pussycat-Club'* gibt's bekanntlich nicht mehr. Blaues Auge kann ich auch nicht entdecken. Und so besoffen ist er nun auch wieder nicht - zumindest nicht für Bad Dingenskirchener Freitagabends-Verhältnisse. Was also darf die Frau nicht erfahren?

„Wenn Deine Frau was erfährt?"

„O Mann... hab Ihr noch immer nichts erzählt..."

Ich schaue ihn fragend an. Er schaut zurück.

„Na, letzte Woche: Im *‚MacButterbread's'*. Große Party."

„Und ?"

„...Ziemlich feuchter Abend. Fünfzehn Guinness oder so. Und dazu ein paar Whiskeys. Danach sind wir noch zu 'nem Kollegen von mir. Da war so'n Australier, der hat zu Hause 'ne Farm, halb so groß wie Dänemark, hat er gesagt, mit einer halben Million Schafen..."

Herr Vokuhila schaut mich mit großen Augen an.

„...der Australier hat seinen Abschied gefeiert. Wollte am Tag drauf wieder heimfliegen. Dann hat er mir ein Abschiedsgeschenk gemacht..."

Der Patient zieht sein T-Shirt aus.

Und dann sehe ich die Bescherung.

Der Rücken ist eine einzige Brandwunde.

In groben Zügen kann man mit etwas Phantasie die Umrisse eines Kängurus erkennen. Aber das ganze Ding ist natürlich schmoddrig vereitert.

Ich bin beeindruckt.

„Wie habt Ihr das denn hingekriegt?"

„Na... mit der Lötlampe. Der Kollege hat uns unbedingt seinen Hobbykeller zeigen wollen. Und als der Australier die Lötlampe gesehen hat, hat er irgendwas erzählt von wegen dass er daheim seine Schafe regelmäßig mit Brandzeichen markiert..."

„Und das hat nicht weh getan?"

„Na ja... an dem Abend, da war ich so zu, da hab ich gar nix gespürt.... aber dann die Woche über wurde es immer schlimmer.... das Schlimmste ist, dass ich's meiner Frau noch immer nicht erzählt hab... Meine Güte, was ich mir schon alles ausgedacht hab an Notlügen, man wird ja richtig erfinderisch dabei... aber wenn die das erfährt... die bringt mich um!"

„Und der Australier?"

„Hab heute ne Postkarte gekriegt. Das mit den Schafen soll ich nicht so eng sehen. Und was die Größe der Farm betrifft, es sei wohl doch eher Liechtenstein als Dänemark."

Schwester Anna schlurft herein, wirft einen Blick auf den verschmodderten Rücken und schüttelt den Kopf.

„NFBD" sagt sie leise zu mir. Ich schaue sie fragend an, aber da ist sie auch schon wieder weg und kommt kurz darauf mit einem Wägelchen voller Verbandsmaterial wieder. Gemeinsam gelingt es uns, den Rücken fachmännisch zu verbinden.

„Was heißt denn ‚NFBD'?" frage ich Anna später.

„Normal für Bad Dingenskirchen!" sagt sie und verschwindet in Richtung Stationsküche.

14.)

Wir sitzen wieder mal im *Jägerhof*.

Uwe bestellt noch zwei Bier.

„Immerhin ist heute ja Zahltag!" sagt er.

„Soll das ein Witz sein?"

Unser Gehalt als Arzt im Praktikum - also Berufsanfänger mit abgeschlossenem, sechsjährigem Uni-Studium – ist eher eine Art Taschengeld.

„Nicht gerade das, was man sich landläufig unter einem Arztgehalt vorstellt..."

„Jede Putzfrau kriegt mehr - wenn man es auf den Stundenlohn umrechnet!"

Uwe grinst.

„Letztens mich hat ein Patient doch tatsächlich gefragt, ob ich mich schon im Golfclub angemeldet hätte, und was für einen Mercedes ich denn fahren würde....."

„Du kennst ja meine alte Rostlaube. Die hat letztens ihren Geist aufgegeben. Bin hin zur Werkstatt und fiel fast in Ohnmacht, als ich gehört habe, was die Reparatur hätte kosten sollen. Wie soll ich das bezahlen von meinem Gehalt, hab ich gefragt?"

„Musst Du halt Fahrrad fahren." sagt Uwe, „ist eh gesünder!"

Die Hirschgeweihe blicken traurig von den rußgeschwärzten Balken auf uns hinab.

„Aber wir sind schließlich nicht des Geldes wegen Ärzte geworden, oder?"

Es klingt viel sarkastischer als beabsichtigt.

„Weißt Du was Biestig letztens gesagt hat, im OP? Wie leid wir ihm tun würden und so..."

Uwe nimmt einen tiefen Schluck aus seinem Glas.

„Früher, zu seiner Zeit, da war alles viel besser. Damals, als er Examen gemacht hat, ist er gleich am nächsten Tag zum Porsche-Händler und hat sich seinen ersten Flitzer bestellt! Mir sind fast die Tränen gekommen. So ein Heuchler!"

Ich lache kurz, obwohl mir eher nicht zum lachen ist.

„Und mein erster Gang war zum Arbeitsamt wo sie mir sagten, dass ich auf keinen Fall auch nur einen Roten Heller von ihnen zu erwarten hätte."

Uwe schaut mich an.

„Hast Du Dir eigentlich mal unseren Arbeitsvertrag durchgelesen?"

Ich schüttele den Kopf.

„Absatz fünf. Die tägliche Arbeitszeit dauert von acht Uhr bis sechzehn Uhr dreißig," deklariert Uwe, „inklusive einer halben Stunde Mittagspause. Unbezahlt. Dienste werden in Freizeit abgegolten, weitere finanzielle Forderungen können nicht geltend gemacht werden."

„Hast Du jemals eine halbe Stunde Mittagspause gemacht?" frage ich.

„Und wann bist Du zuletzt nach einem Dienst morgens um acht nach Hause gegangen?" kontert Uwe.

„Also, was ist eigentlich mit all unseren Überstunden?"

Uwe nimmt einen tiefen Schluck und beginnt zu erklären:

„...Überstunden müssen bezahlt oder in Freizeit abgegolten werden. Das sagt der Tarifvertrag. Aber Tarifvertrag ist Politik und Politik ist böse. Tatsache ist, dass Überstunden nur dann als Überstunden existieren, wenn sie aufgeschrieben werden. Und aufgeschrieben werden dürfen sie nur dann, wenn der Chef sie anordnet. Hast Du jemals gehört, dass der Chef eine Überstunde angeordnet hätte? Der Chef ordnet sie nicht an, weil der Verwaltungsleiter dagegen ist. Es sei kein Geld da, behauptet der. Aber Überstunden, die nicht vom Vorgesetzten angeordnet worden sind existieren nicht. Also gibt es per Definition bei uns keine Überstunden, egal ob wir uns hier zu Tode rackern oder um sechzehn Uhr dreißig den Löffel fallen lassen."

Sechzehn Uhr dreißig! Ich glaube, ich habe Martin Bückling noch nie später als um diese Zeit im Krankenhaus gesehen, wenn er nicht Dienst hatte.

„Kann es sein, dass es genau einen Kollegen gibt, der es sich traut, pünktlich den Löffel fallen zu lassen?"

„Das ist richtig. Aber der hat einen unbefristeten Arbeitsvertrag. Im Gegensatz zu uns!"

„Und was ist, wenn Du nach deinem Nachtdienst dazu verdammt wirst, die Ambulanz zu schmeißen?"

„Dann bittet der Chef Dich ganz informell um einen Gefallen. Las Dir das mal schriftlich geben! Wag es mal, da Deinen Maul aufzumachen!"

„Was kann er uns denn?"

„Nein, feuern kann er uns deswegen nicht. Aber Du willst ja irgendwann mal ein gutes Zeugnis von ihm haben, oder? Oder vielleicht sogar irgendwann mal eine Assistentenstelle, wenn nicht hier dann anderswo. Ein böses Wort vom Chef und Du bist im Umkreis von dreihundert Kilometern verbrannt!"

Ich seufze.

„Wie viel Zeit verbringst Du eigentlich damit, irgendwelchen alten Patientenakten, Röntgenbildern oder Befunden hinterher zu telefonieren und hinterherzulaufen? Könnten das nicht auch die Schwestern oder Sekretärinnen machen?"

„Die Schwestern haben genug zu tun. Und die Sekretärinnen auch. Die müssen für ihre Überstunden schließlich teuer bezahlt werden."

„...Und was ist mit den Anfragen von Krankenkassen? Statistische Erhebungen, Fragebögen, Eingabe von Diagnosecodes? Warum muss man einen Arzt damit beauftragen?"

„Wir sind nun mal die billigsten Arbeitskräfte hier!"

„Wann diktierst Du eigentlich Deine Briefe?"

„Ich nehme sie mit nach Hause und diktiere am Wochenende!"

„Ist das nicht illegal?"

„Offiziell darfst Du Patientenakten nicht aus dem Krankenhaus entfernen, wegen Datenschutz und so. Aber jeder macht das."

„Kann es sein, dass hier in dem Laden eine ganze Menge faul ist?" frage ich, „Wenn wir völlig übermüdet nach einem Nachtdienst weitermachen und vierundzwanzig Stunden ohne Schlaf in dieser Bude herumhängen - da macht man Fehler. Das ist doch gefährlich, nicht nur für uns, sondern auch für die Patienten!"

Uwe schaut mich mitleidig an.

„Du könntest Dich querstellen. Aber das bringt nichts. Du ziehst den Kürzeren. Du willst hier weiterkommen, willst was lernen. Als Chirurg willst Du operieren lernen. Das muss Dir jemand beibringen. Also bist Du drauf angewiesen, dass Chef, Oberarzt oder die erfahrenen Assistenten Dir wohlgesonnen sind dich auch mal ranlassen. Wenn Du hier wegen der Überstunden Stunk machst, dann kannst Du das vergessen! Und was die Arbeitszeiten angeht: Was wäre, wenn Du wirklich einen 40 Stunden Job hättest? Die Drecksarbeit würden sie Dich doch trotzdem machen lassen. Du kämst dann halt nicht mehr zum operieren. Wenn Du was lernen willst, dann ist das halt Dein Privatvergnügen..."

Wir trinken aus und bezahlen.

„Ich wusste, dass ich meine Seele verkaufe, als ich diesen Arbeitsvertrag hier unterschrieben habe..." sage ich.

„Las es sein!" sagt Uwe, „Einfach Augen zu und durch, das ist das Beste!"

15.)

Der Piepser reißt mich aus dem Tiefschlaf. Blinzelnd schaue ich auf die Uhr: Drei Uhr früh. Verschlafen greife ich zum Telefon.

„Kommen Sie rüber in den OP! Geht sofort los!"

Man gewöhnt sich in diesem Job daran, keine Fragen zu stellen. Schlafwandlerisch schlurfe ich die dunklen Flure entlang zum OP und ziehe mir das grüne Zeug an.

Auf der anderen Seite der Schleuse begegnet mir ein hochgewachsener Mann, den ich noch nie gesehen habe.

Er mustert mich misstrauisch von oben bis unten.

„Schon mal bei einer Explantation dabei gewesen?" fragt er ohne sich vorzustellen.

„Das ist der Professor von der Uni-Klinik," zischt Sonja mir von hinten leise zu, „der will hier eine Niere ausbauen!"

Ich schüttele den Kopf.

Der hochgewachsene Unbekannte nimmt mein Kopfschütteln mit einem dünnen Lächeln zu Kenntnis.

„Alles ganz einfach. Tun Sie nur, was ich sage!"

Die meisten Nicht-Mediziner denken, eine Explantation sei so was ähnliches wie Leichenfledderei: Aus dem Körper eines frisch Gestorbenen holt man sich die Organe heraus, die man gerade so braucht. Aber das Thema ist viel zu ernst, um darüber Witze zu machen. Und nachts um drei ist mir eh nicht nach Witzen zumute.

Mechanisch fange ich an, mich zu waschen.

Wenige Minuten später wird die Patientin reingeschoben.

Ich erkenne sie wieder, die junge Frau, die seit drei Tagen auf der Intensivstation liegt, Hirnblutung. Gestern ist sie gestorben und heute immer noch nicht tot.

Ein Patient muss hirntot sein, bevor er als Organspender in Frage kommt. In der Praxis sieht das so aus, dass zwei Neurologen unabhängig voneinander bestätigen müssen, dass das Gehirn keinerlei Aktivitäten mehr zeigt. Atmung und Kreislauf werden künstlich weiter in Gang gehalten: Die Patientin ist nun eine lebendige Leiche: eine Untote. Man könnte sie mit Fug und Recht als Zombie bezeichnen.

Vorhin, gegen Mitternacht hat der zweite Neurologe endlich sein Placet gegeben und erst jetzt konnte das Team von der Uni-Klinik, dessen Chef ich da offensichtlich vor mir habe, anrücken.

Der Kollege von der Uni-Klinik ist es gewohnt, Befehle zu geben.

„Anästhesie? - Sie halten den Blutdruck immer schön bei hundert. Okay?"

Sonja zieht mir den Kittel an. Sie versucht zu lächeln, aber ihre Augen wirken noch schlaftrunken.

Ich schaue die Patientin an: ein junges, hübsches Gesicht, halblange blonde Haare, mit Beatmungstubus im Mund schläft sie so friedlich wie Patienten im OP halt schlafen.

Die Drecksarbeit haben sie natürlich uns überlassen: Geschlagene zwei Stunden lang habe ich vorhin am Nachmittag mit den Angehörigen diskutiert, um sie zu bewegen, der Organspende zuzustimmen.

„Also dann, los geht's!"

Alles Routine: Abdecken, Desinfektion der Bauchdecke. Schnitt.

Der Uniklinikmensch erklärt mir bereitwillig die Vorgehensweise: Eröffnung der Bauchdecke mit großzügigem Schnitt, Freipräparieren der Nieren von hinten her, den Darm zur Seite räumen, dann die großen Gefäße aufsuchen und unterhalb der Nierenarterien abklemmen:

„Anästhesie - Vorsicht, der Blutdruck wird jetzt steigen!"

Ein Mädel aus dem Uni-Team ist sauer und raunzt ihren Chef an:

„Hättest mir auch früher Bescheid sagen können!"

Ihre Aufgabe ist es wohl, die Perfusionslösung vorzubereiten, mit der die Nieren durchgespült werden, bevor sie dann aus dem Körper entnommen werden.

„Anästhesie - Sie können jetzt abschalten!"

Das monotone Zischen des Beatmungsgerätes hört auf. Nur der Monitor piepst noch.

„EKG bitte auch abschalten!"

Auf einmal gespenstische Ruhe.

Das wohlvertraute Piepsen fehlt.

Erst jetzt merke ich, wie sehr ich mich an diese Geräusche gewöhnt habe. Ihre Abwesenheit wirkt bedrückend.

Die Anästhesistin ist arbeitslos geworden und steht für den Rest der Zeit gelangweilt herum.

Die Chirurgen präparieren weiter. Die Nieren werden nacheinander einzeln herausgenommen und liegen dann bei Sonja auf dem Tisch.

Sonja schaut verständnislos drein.

„Deswegen also das Theater?" fragt sie leise zu mir gewandt.

Die Leute vom Uni-Team kriegen das zum Glück nicht mit.

„Gut, akzeptabel oder schlecht?" fragt das Perfusions-Mädel.

Der Chef diktiert: „linke Niere, normaler Urether, eine Vene, eine Arterie.... rechte Niere eine Arterie, eine Vene, Urether normal lang... nicht gut, sagen wir akzeptabel."

Die Organe werden einzeln verpackt, zweifach in Plastiktüten, dann auf zerstoßenem Eis gelagert.

Und die Patientin? Der Körper ist uninteressant geworden.

„Alles klar, macht Ihr dann mal zu!" sagt der Chef.

Der Assistent nickt mir freundlich zu.

„Lassen Sie mal, ich mache das schon allein!"

Papiere werden ausgefüllt.

Ich ziehe mich zurück und schaue noch mal zu der Patientin hinüber. Ihr Bauch wird gerade wieder zugenäht, durchaus fachmännisch ernst und nicht schluderig.

Der Kopf liegt hinter der Schranke. Den Beatmungstubus hat man inzwischen entfernt, das Kinn hochgebunden und die Augen zugeklebt, wie üblich bei Toten.

Die Stille ist immer noch unnatürlich.

Inzwischen ist es halb fünf.

Wenig später werden die Nieren per Hubschrauber in irgendeine ferne Uniklinik geflogen werden, wo sie einer Unbekannten Person möglicherweise das Leben retten werden.

16.)

„Das musste jetzt wirklich nicht sein!" sagt Willy.

„Ich hab ja nichts gegen Selbstmörder," flucht Horst, „Zumindest prinzipiell nicht. Wenn sie es nur endlich mal richtig anstellen würden!"

„Warum bloß machen sie immer nur halbe Sachen?" fragt Willy.

„Man sollte eine Broschüre herausgeben: Selbstmord - leicht gemacht für jedermann. Eine möglichst hundertprozentig idiotensichere Anleitung." schlägt Horst vor.

„Und ich würde gerne mein Fachwissen zur Verfügung stellen!" sage ich.

„Aber bei der guten Frau hätte auch das nichts genutzt!" seufzt Willy.

Er könnte Recht haben: Der Strick, den sie sich um den Hals gelegt hatte, ist unter ihrem Gewicht von der Decke losgerissen, die paar Schnitzer am Handgelenk haben nur für ein paar unschöne Flecken auf dem Teppich gesorgt und von dem Tablettencocktail hat sie den größten Teil postwendend wieder erbrochen.

Aber als sie heute Früh nicht, wie sonst gewöhnlich jeden Morgen, zum Kiosk gekommen war um ihre Zeitung zu kaufen, hatte die Kioskbesitzern Verdacht geschöpft und die Nachbarin angerufen, welche ein paar Stunden später loszog, um nachzuschauen, ob alles in Ordnung war.

Nichts war in Ordnung.

Die gute Frau ist zwar quicklebendig, aber sie schläft tief und fest, was nach zwanzig Schlaftabletten und einer Flasche Schnaps nicht ungewöhnlich ist.

Die beiden Sanis verabschieden sich.

Nicht ohne mir ein Konvolut aus Zetteln und Briefen in die Hand zu drücken, welches sie in der Wohnung gefunden haben.

„Na dann, viel Spaß noch!"

Ärmel aufkrempeln, Blut abnehmen, Röntgen und EKG. Die übliche Routine halt.

Und dann Magen auszuspülen.

Magen ausspülen ist eine unfeine Sache: man macht sich selbst und das Aufnahmezimmer ziemlich schmutzig. Die Schwestern maulen.

„Muss das sein?"

Ich seufze. Ehrlich gesagt, könnte ich mir jetzt auch was Besseres vorstellen. Na ja, solange sie schläft kann sie wenigstens nicht reden. Das Geschwätz eines Menschen, der grad versucht hat, sich umzubringen kann ganz schön depressiv sein.

„Akutanamnese: von Sanitätern nach Suizidversuch aufgefunden," schreibe ich in den Aufnahmebogen, „keine weiteren Angaben erhebbar."

Eine Stunde später will ich sie aus der Notaufnahme raus auf Station schicken, aber die Schwestern auf der Zwei protestieren.

„Immerhin sind wir im zweiten Stock! Was ist, wenn die wach wird und Anstalten macht, rauszuspringen?"

Dann kommt sie halt auf die Intensivstation. Die liegt zwar auch im ersten Stock, aber da ist die Patientin unter ständiger Kontrolle; abgesehen davon lassen sich die Fenster nicht öffnen.

Die Schwestern dort sind alles andere als begeistert.

„Muss das sein? Wir sollen hier die Aufpasser spielen? Die Frau gehört nicht zu uns, sondern in die Psychiatrie!"

Recht haben sie. Also machen wir einen Deal: Ihr behaltet sie erst mal bei Euch und ich versuche zu tun, was ich kann um sie in die nächstgelegene psychiatrische Anstalt zu verlegen.

Aber das ist nicht einfach.

Ich schau mir das Zettelkonvolut durch: Abschiedsbriefe, Testament, Verfügungen über ihre Bestattung. Die hat wirklich ganze Arbeit geleistet! Sogar einen Sarg hat sie sich ausgesucht.

Seufzend setze ich mich ans Telefon. Jetzt brauche ich einen Becher starken Kaffee und einen Sack voll guter Ausreden. Punkt eins: In der Klapsmühle ein freies Bett zu finden. Punkt zwei: Dafür zu sorgen, dass sie auch wirklich dort ankommt.

Ich wähle die Nummer und lasse mich zu dem Diensthabenden durchstellen. Der gute Mann seufzt hörbar auf.

„Muss das sein?"

Tut mir leid, Kollege!

„Irgendwelche psychiatrischen Vorerkrankungen?"

Gut gekontert, Junge. Ich komme ins Stottern.

„...nicht, dass ich wüsste. Aber..."

„Dann behaltet sie doch einfach heute Nacht bei Euch und morgen Früh sieht vielleicht alles schon ganz anders aus! Könnt Ihr sie nicht internistisch aufnehmen?"

Du hast ja wohl nicht mehr alle Tassen im Schrank! Diese durchgeknallte Tante eine ganze Nacht lang hier behalten? Nix da, Kollege!

„Chirurgisch und internistisch haben wir alles abgeklärt..."

Ich bemühe mich, möglichst routiniert zu lügen.

„Will sie denn überhaupt in die Psychiatrie aufgenommen werden?"

Zwei zu null für Dich! Das Abwimmeln gehört wohl zu Deinem Job.

„Na ja, nicht so direkt..."

Schweigen am anderen Ende der Leitung. Triumphierendes Schweigen. Aber da hast Du Dich zu früh gefreut, Alter!

„...allerdings besteht nach wie vor akute Suizidgefahr und da wir hier keine adäquate psychiatrische Betreuung gewährleisten können, kann ich eine akute Eigengefährdung der Patientin nicht ausschließen, und von daher..."

Das hätte ja wohl noch gefehlt! Nee, Neurosen und Psychosen sind nun wirklich nicht mein Ding. Hab ich Null Ahnung von, ist nicht mein Fach und heute Nacht schon gar nicht.

Er gibt sich geschlagen.

„Schickt sie rüber!"

Freudestrahlend gehe ich zur Patientin rüber, die gerade dabei ist, aufzuwachen. Außerdem hat sie die Zeit genutzt um sich den Infusionsschlauch zweimal um den Hals zu wickeln. Wahrscheinlich dauert's nicht mehr lange, bis sie anfängt, in der Nachttischschublade Rasierklingen und Skalpelle zu horten.

„Na, wie geht's Ihnen?"

„Ich will nicht mehr!"

„Würden Sie es noch mal versuchen?"

„Jederzeit!"

„Was würden Sie davon halten, sich in die fachkundigen Hände eines Psychiaters zu begeben?"

„Nichts!"

„Ich habe aber gerade mit einem netten Kollegen telefoniert, der Ihnen gerne helfen würde und das auch viel besser kann als ich. Außerdem hat der zufällig gerade ein Bett frei..."

„Lassen Sie mich hier raus!"

„Und Sie garantieren mir, dass Sie keinen weiteren Versuch unternehmen werden?"

„Nichts garantiere ich!"

Ich trotte wieder von dannen.

Die Schwestern waren schon fleißig und haben den Krankenwagen bestellt. Und weil Horst und Willy eh gerade um die Ecke waren, sitzen sie auch schon abmarschbereit im Dienstzimmer.

„Da seid Ihr ja wieder. Schön, Euch zu sehen!"

„Und kann's losgehen?"

„Selbstverständlich!"

„Die Patientin ist einverstanden?"

Ich schüttele den Kopf.

Horst verzieht das Gesicht.

„Wenn die Patientin nicht freiwillig mitfährt, können wir nichts machen. Wenn die irgendwo auf der Autobahn aussteigen möchte um vors nächste Auto zu laufen, müssen wir sie lassen!"

„Und jetzt?"

„Schon mal die Polizei probiert?"

„Was sollen die machen?"

„Immerhin... es besteht doch akute Eigengefährdung der Patientin, oder?"

Ein Lichtblick!

Auf dem Polizeirevier ist man allerdings weniger begeistert.

„Muss das wirklich sein?"

Der Bulle seufzt hörbar ins Telefon.

„Sagen Sie mal, Doktor... Wir haben auch noch andere Sachen zu tun als Taxi zu fahren... Außerdem sind wir hier grad ziemlich schwach besetzt. Können Sie nicht wenigstens warten bis nach dem Schichtwechsel?"

Der Schichtwechsel findet um Mitternacht statt. Eine halbe Stunde später bewegt sich die gute Dame inmitten einer Prozession von zwei Polizisten und zwei Rettungssanis nach draußen.

Schwester Anna schaut ihr kopfschüttelnd nach.

„Was für ein glorreicher Abgang!"

Ich schaue nach der Kaffeemaschine.

„Freu Dich! Wir haben gerade wieder ein Leben gerettet!"

„Danken wird sie es uns kaum...."

Anna schlurft in Richtung Aufenthaltsraum.

„...und Du kannst Gift drauf nehmen - die probiert es wieder, sobald sie aus der Klapsmühle draußen ist!"

17.)

Zwölf Uhr und fünfzehn Minuten, sagt meine Uhr. Mittagspausenzeit. Zeit, in der ein gewöhnlicher Sterblicher allmählich daran denkt, ein paar Kalorien zu sich zu nehmen. Einem hauptberuflichen Lebensretter steht zu diesem Zweck die Krankenhauskantine zur Verfügung.

In unserer Kantine gibt's heute Köstlichkeiten wie Jägerschnitzel in Glibbersoße mit matschigen Kartoffeln. Als Alternative ist toter Fisch angesagt.

Na ja. Nicht für mich.

Was nicht heißt, dass ich keinen Fisch mag. Der Hunger treibt's rein. Oder besser: Der Hunger würde es reintreiben.

Heute aber hat unser Chef uns eine ganz besondere Delikatesse angekündigt: Um halb eins gibt sich unser Verwaltungsleiter die Ehre, uns niederem Volk die neuesten Formulare zu erklären, die wir von nun an regelmäßig in aller Sorgfalt ausfüllen müssen. Wozu diese Formulare gut sein sollen?

Keine Ahnung. Ehrlich gesagt, ich will es auch gar nicht wissen! Trotzdem finden wir uns alle pünktlich um halb eins im großen Seminarraum ein und bemühen uns, so zu tun als hörten wir aufmerksam zu.

Der Oberverwalter legt los und redet. Und er redet. Und redet. Und redet.

Der Raum ist abgedunkelt, die einzige Lichtquelle ist der Overheadprojektor. Auf der Folie ist ein kompliziertes Diagramm mit vielen Pfeilen und Linien.

„...Meine Damen und Herren, wenn Sie einen Patienten untersuchen, müssen Sie sich entscheiden, ob es sich um a.) einen Notfall oder b.) um eine Routineangelegenheit handelt...“

Und er malt ein großes N für Notfall und ein R für Routine auf die Overheadfolie. Von N führt ein Pfeil auf ein „B“. Von hier ab führen zwei Pfeile entweder zu „T“ und „C“. Beim „C“ verzweigen sich die Pfeile noch mal.

Ich schaue verstohlen auf die Uhr....

Dreizehn Uhr dreißig. In einer halben Stunde macht die Kantine zu. Und mein Magen knurrt immer lauter.

Ich schaue auf den Piepser.... und.... und.... er piepst!

Aufspringen.

Zum Telefon.

„Schwester Gerdi, Du hast mich gerettet!“

„Entschuldigung, tut mir wirklich leid, ich wollte nur mal hören...“

„Ja, ich komme sofort!“

„Nee, brauchst Dich nicht beeilen, ist nichts Wichtiges...“

„Doch, ich bin in einer Minute oben!“

Mit wehendem Kittel verlasse ich den Raum.

Im Laufschritt nichts wie hin zur Kantine. Gottseidank, sie hat noch auf.

Ich trete durch die Tür. Das Schild, welches uns auffordert, aus hygienischen Gründen die Arztkittel draußen an die Garderobe zu hängen übersehe ich geflissentlich. Zeit ist ein knappes Gut für unsereins. Mal sehn, was gibt's denn noch?

Also doch toten Fisch! Keine Viereinhalb Minuten brauche ich, um das Zeug in mich reinzuschaufeln. Dann kurz aufs Klo und zwei Minuten später bin ich oben auf Station und freu mich drauf, jetzt erst mal mit Gerdi nen Kaffee trinken zu können. Ich lasse mich im

Schwesternzimmer auf einen Stuhl fallen und schenke mir eine Tasse ein. Ob ich heute vielleicht ausnahmsweise mal pünktlich Feierabend machen kann?

Zu früh gefreut: Nach drei Worten Smalltalk geht der Piepser schon wieder los.

Schwester Anna in der Notaufnahme.

„Polytrauma. Radfahrer von Auto erfasst! Komm sofort runter!"

Schnell noch einen Schluck Kaffee, dann den Rest in den Ausguss. Kittel überwerfen und los geht's.

Der etwa dreißigjährige Mann in zerfetzten Straßenklamotten blutet aus allen Löchern. Wie heißt er denn überhaupt?

Die Rettungssanis zucken mit den Schultern.

„Keine Ahnung. Ausweis hatte er nicht dabei. Und fragen können wir ihn auch nicht."

Letzteres sehe ich ein: Er ist intubiert und wird beatmet. Die Wunden sind notdürftig verbunden, aber das Blut sickert überall durch.

Kreislauf stabil? Infusion läuft? Labor abgenommen? Blutkonserven bestellt? Dann ab zum Röntgen mit ihm! Und Oberarzt holen, bitte. Der ist verdächtig schnell da und wirkt erleichtert über die Gelegenheit, dem Oberverwalter und seinem Vortrag entkommen zu sein.

Mit vereinten Kräften schieben wir unseren Patienten nach nebenan.

„Alles von oben bis unten durchröntgen!" ordnet er an.

„Kompletter Mensch in zwei Ebenen?"

Die Röntgenassistentin lacht. Sie hat schöne Augen, aber trägt leider einen Ehering.

Man braucht nicht Medizin studiert zu haben, um auf dem Bild eine drittgradig offene Unterschenkelfraktur rechts zu erkennen, dazu noch eine Oberarmfraktur links. Und der linke Oberschenkel ist auch hin. Was ist mit Inneren Verletzungen? Das Abdomen ist weich, äußerlich keine Verletzungszeichen zu sehen. Aber bei dem Aufprall? Radfahrer gegen Auto bei hoher Geschwindigkeit?

Die ersten Blutkonserven werden angeliefert und angehängt.

„Herr Oberarzt? Der Blutdruck geht runter!"

Im Ultraschall ist jetzt freie Flüssigkeit im Bauchraum zu sehen. Das heißt: Irgendwo da drinnen blutet es.

„Herrgottverdammichnochmal!" sagt Biestig und lässt den Chef anpiepsen.

Der sitzt noch immer im Seminarraum.

„Macht den Bauch auf!" ordert er, „Machen Sie mal, Herr Biestig und rufen Sie mich, wenn Sie Hilfe brauchen!"

Biestig flucht und deutet mir mit einer Kopfbewegung an, mitzukommen in den OP. Den Feierabend kann ich wohl vergessen.

Schnitt. Eröffnung der Bauchdecke. Drinnen alles voller Blut. Sauger, bitte. Das Auffanggefäß füllt sich mit beängstigender Geschwindigkeit.

„Wir brauchen mehr Blutkonserven!"

Die Milz ist eingerissen. Biestig entfernt das Organ komplett. Ist die Blutungsquelle damit beseitigt? Biestig tupft mit sterilen Tüchern im Baurraum herum. Irgendwoher blutet es immer noch. Ob es wohl von der Leber her kommt?

„Schwester, holt den Chef!"

„Der ist nach Hause gegangen."

„Ja, dann ruft ihn halt zu Hause an, Herrgottverdammichnochmal!"

Sie erreichen den Chef schließlich auf seinem Handy: er ist gerade auf der Autobahn, hat an der nächsten Ausfahrt kehrt gemacht und ist schon mit Vollgas auf dem Weg zurück.

Biestig findet tatsächlich einen Riss in der Leber und versucht, die Blutung zu stillen aber es gelingt ihm nicht. Leberrisse sind gefährlich: Die Milz kann man ohne größere Probleme komplett entfernen, bei der Leber geht das nicht.

„Herrgottverdammich noch mal, verflixt und zugenäht!"

Endlich kommt der Chef, stürzt in den OP und schiebt mich wortlos zur Seite. Ich sehe Schweißperlen auf seiner Stirn, während er die Leber des Patienten nach Verletzungen absucht.

„Anästhesie? Was macht der Blutdruck?"

„Der geht immer weiter runter!"

Ich spüre, wie das Piepsen des EKG Monitors immer langsamer wird. Die Blutkonserven rauschen im Strahl durch.

Chef versucht, einen Teil der Leber herauszuschneiden und, aber es blutet immer noch weiter. Er schüttelt den Kopf.

„Blutdruck ist jetzt fast nicht mehr nachweisbar!"

Chef schaut auf.

„Wir geben auf!" sagt er leise.

Dann nimmt er ein OP-Tuch aus grünem Frotteestoff und drückt es in Richtung der Blutungsquelle.

„Lasst uns wenigstens den Bauch wieder zumachen!"

Das Piepsen des EKG-Monitors wird allmählich wieder schneller.

„Patient hat wieder einen messbaren Blutdruck!"

Chef nimmt ein zweites OP-Tuch und drückt es in den Bauch des Patienten. Offensichtlich bringt der Druck die Blutung zumindest zeitweise zum Stillstand. Der Patient scheint sich jedenfalls zu erholen.

„Biestig, rufen Sie sofort die Uni-klinik an und sorgen Sie dafür, dass der Patient auf schnellstem Weg per Hubschrauber dahin kommt!"

Der Oberarzt steht auf und ich nehme seinen Platz ein. Chef stopft noch ein drittes Tuch hinein und näht den Bauch zu. Der Kreislauf des Patienten bleibt stabil.

„Ach ja, Herr Biestig?"

Der Oberarzt kommt zurück.

„Sagen Sie denen auch, dass wir die Tücher absichtlich im Bauch gelassen haben... nicht dass die in der Uniklinik noch denken, wir hätten die da vergessen!"

Eine Viertelstunde später ist der Hubschrauber da, und wenig später entschwebt er wieder mitsamt unserem Patienten in Richtung Uni-Klinik.

Sechzehn Blutkonserven haben wir gebraucht. Seinen Namen wissen wir immer noch nicht. Den erfahren wir erst drei Wochen später, wenn er von der Uni-Klinik wieder zurück kommt.

Linker Arm und beide Beine in Gips, aber immerhin lebendig.

Junge, Junge, wenn Du wüsstest, dass Du schon mit einem Bein auf der anderen Seite gestanden hast!

18.)

Jawoll. Der Herbst ist da. Draußen regnet es. Kalter, ungemütlicher, ekliger, grauer Herbstregen. Und hier drinnen, bei uns?

Danke, der Nachfrage, kann nicht klagen. Jedenfalls nicht über Mangel an Arbeit. Es gibt Nächte mit Dienst und Nächte ohne Dienst. Zur Zeit sind die Nächte ohne Dienst ziemlich selten. Nächte mit Dienst sind Normalfall. Im Herbst werden Menschen krank und da hat es auch einige meiner Kollegen erwischt, und wir Gesundgebliebenen müssen irgendwie die Stellung halten; zumindest solange, bis wir auch krank werden. Oder uns vor Übermüdung einen Fehler leisten und dann fristlos gefeuert werden. Kommt sich aufs selbe raus. Man liest ja soviel von Ärzteskandalen heutzutage.

Aber das wollte ich ja gar nicht erzählen.

Was fürn Tag haben wir heute? Keine Ahnung. Welche Tageszeit? Ist es draußen hell oder dunkel? Hier drin ist's immer gleich hell. Neonröhrenhell. Bin seit Tagen nicht mehr aus dem weißen Kittel rausgekommen, das Stethoskop ist mir so gut wie angewachsen. Und wieder geht der Piepser.

Nachtschichtnächte sind lang. Nachtschichtmorgen sind müde. Vor allem, wenn es Samstagnächte sind. Wenn man einen Klempner in einer regnerischen Samstagnacht rausklingelt, weil das Klo verstopft ist, dann wird das ziemlich teuer. Auch ein Pizza-Bote lässt sich am Wochenende nicht mit einem freundlichen Dankeschön abspeisen. Aber für uns gehören Wochenenddienste nun mal zum Job dazu und was das Dankeschön angeht...

„Hat sich jemals in Deiner Laufbahn mal ein Patient bei Dir bedankt?"

Schwester Gerdi schaut mich verständnislos an.

Unsere durchschnittlichen Samstagnachtkunden sind in der Regel viel zu sehr damit beschäftigt, auf den Boden zu kotzen und nach Alkohol zu stinken.

Einer ist von zwei Bullen reingebracht worden, nachdem sie ihn mit drei Promille am Steuer erwischt haben. Daraufhin hat er beschlossen, kein Wort mehr von sich zu geben und ganz theatralisch zu stöhnen.

Dann kommt ein vierjähriger Junge mit einem Krampfanfall, schon eine ganze Stunde lang krampft er. Status Epilepticus also. Keine Besserung nach Gabe von Valium-Zäpfchen. Gefährliche Sache, ist aber jetzt das Problem des Kollegen aus der pädiatrischen Abteilung. Vermutlich wird der heute Nacht nicht viel Schlaf kriegen.

Und wieder klingelt das berühmte rosa Telefon in der Notaufnahme: Neunundsiebzigjähriger Patient mit Notarzt und Atemnot. Daran gewöhnt man sich.

„Schön, Dich zu sehen!" flötet Anna mir zu, „Wir haben hier zwei Zugänge, die schon auf Dich warten..."

Gleich zwei?

„Was hat denn der Andere?"

„AZ-Verschlechterung!"

Ich fluche. Nicht schon wieder.

„Stabil?"

„Geht so. Mach Dich besser sofort an die Arbeit!"

Aus dem Aufnahmezimmer röchelt es.

Ich brauch trotzdem erst mal 'nen Kaffee.

Griff in den Geschirrschrank. Zielsicherer Griff zur Kaffeemaschine.

Ich schütte mir eine Tasse ein.

„Dem einen Patienten scheint's ziemlich schlecht zu gehen..." Sagt Anna.

„Mehr als sterben kann der auch nicht!"

Ich verbrenne mir den Mund.

Anna ist beleidigt und dackelt ab. Im Aufnahmezimmer klappert sie demonstrativ mit Bettpfannen herum.

Ich stelle die Kaffeetasse weg, stehe auf und gehe langsam rüber.

Ein vielleicht achtzigjähriger Mann liegt da wie ein nasser Sack und regt sich nicht. Atmet rasselnd ein und aus.

„Schönen guten Tag, junger Mann. Wie geht's uns denn?"

Keine Reaktion.

„Haben Sie irgendwelche Schmerzen?"

Keine Reaktion. Rasselndes Atmen.

Auf dem Tischchen liegt ein postkartengroßer roter Zettel. „Einweisungsschein" steht darauf. Der Stempel eines Hausarztes samt krakeliger Unterschrift. Daneben die glorreichen Worte „AZ-Verschlechterung": Verschlechterung des Allgemeinzustandes. Das Unwort des Jahres. Kann alles und nichts bedeuten. So was schreibt man, wenn man einen Patienten ins Krankenhaus schicken will, aber keine Ahnung hat, weshalb.

Ich schlurfe hinüber zum Schwesternzimmer.

„Wissen wir irgendwas über diesen Patienten?"

Schwester Anna schüttelt den Kopf.

„Hausarzt hat ihn mit Krankenwagen hergeschickt. Sanis sind leider schon weg."

„Wo kommt er denn her?"

„Wohnt angeblich allein. Wird von Angehörigen gepflegt."

„Kommt von denen noch jemand vorbei?"

„Eher nicht."

„Und wer hat den Hausarzt gerufen?"

„Keine Ahnung."

„Irgendwen, den wir anrufen könnten?"

Schwester Anna schwenkt einen Zettel mit einer Telefonnummer.

„Bist Du so gut und versuchst Dein Glück?"

Schwester Anna nickt und greift zum Hörer.

Seufzend gehe ich zurück zum Patienten. Die Haut ist faltig und dünn wie Pergament, die Zunge trocken und pelzig. Flüssigkeitsmangel. Er könnte Infusionen gebrauchen.

Ich nehme eine Infusionskanüle und suche eine Vene. Ich finde keine. Doch, eine ganz ganz dünne!

„Jetzt wird's mal einen Moment lang weh tun!"

Ich biege den Arm gerade, lege die Staubinde an und steche die Nadel in die Ellenbeuge. Er zuckt noch nicht einmal weg. Aber aus meiner Kanüle kommt kein Blut, ich habe die Vene nicht getroffen.

Ich stochere weiter: zweimal, dreimal. Beim vierten Mal habe ich Glück und kann ihm endlich eine Infusion anhängen. Etwas zufriedener gehe ich wieder zum Schwesternzimmer.

„Hast Du irgendwas heraus bekommen?"

Anna nickt.

„Die Pflegerin, die zweimal die Woche nach ihm schaut, hat ihn vorhin gefunden. Er lag auf dem Sofa, neben sich eine Flasche Bier und der Fernseher war eingeschaltet. Keine Ahnung, wie lange er da gelegen hat, wahrscheinlich mindestens einen ganzen Tag. Dem Bier scheint er wohl ganz gerne zuzusprechen, meinte die Pflegerin, bis vor kurzem hat er es sogar fast jeden Abend noch bis in seine Stammkneipe geschafft. Seit einem Monat aber nicht mehr. Und die Wohnung sei ein Desaster. Es grenze an ein Wunder, dass der noch alleine klarkommt...“

Wird er auch nicht mehr. Von heute an wird er wohl den Rest seines Lebens als Pflegefall zubringen. Wobei der Rest seines Lebens noch ziemlich lange dauern kann.

Ich greife nach meiner Kaffeetasse, aber der Kaffee ist kalt geworden, ich schütte ihn in den Ausguss.

Wollen wir uns mal den anderen Patienten anschauen. Also, was haben wir hier?

Herbst und Winter ist COLE-Saison. Das hat nichts mit Kohle zu tun sondern steht für Chronisch obstruktive Lungenerkrankung. Im Volksmund auch als Raucherhusten bekannt, verschärfte Form.

Oder noch deutlicher: Röchelröchel... würrrrrrrg... Husthusthust.... spuck.

Meist handelt es sich um jämmerliche, blau angelaufene, nach Luft japsende, oft übergewichtige und männliche Gestalten. Kein beneidenswertes Los. Vor allem, weil es im Grunde keine Heilung gibt. Im Endstadium kann man nicht viel machen.

Die Geschwindigkeit des Verlaufs wird allerdings maßgeblich von der Anzahl der Zigaretten pro Tag beeinflusst.

Also die übliche Diagnostik: Blutgase bestimmen, Röntgen Thorax, EKG. Und die übliche Therapie: Steroide, Theophyllin, Antibiotika und nicht zuviel Sauerstoff bitte.

Der Patient schnappt immer noch nach Luft.

„Wie geht's?“

„danke...“ - japs - „schon besser!“

Ab auf die Intensivstation mit ihm.

„Und was machen wir mit dem Anderen?“ fragt Schwester Anna.

Ich zucke mit den Schultern.

„Erst mal stationär aufnehmen, und dann weitersehen...“

Ich schüttele den Kopf.

„Bis jetzt ist soll er zu Hause allein klargekommen sein? Das kann ich mir einfach nicht vorstellen!“

Anna lacht. Ein kurzes, bitteres Lachen.

„Na ja, das mit dem klarkommen halte ich für übertrieben,“ sagt sie, „und selbst wenn es so war: Von heute ab ist damit entgültig Schluss. Viele alten Leute vegetieren sozusagen auf Messers Schneide vor sich hin, allein in ihren stinkenden Höhlen, die zu putzen sie schon lange nicht mehr in der Lage sind... Bis dann irgendwas passiert. Zum Beispiel ein Schlaganfall. Zwar bilden sich die anfänglichen Lähmungen oft zumindest teilweise wieder zurück und mit Krankengymnastik und intensiver Rehabilitation kann man eine Menge erreichen – aber alleine wird er sich mit Sicherheit nicht mehr versorgen können...“

„Du meinst, seine Angehörigen sollten schon mal damit anfangen, für ihn einen Platz in einem Altenheim zu suchen?“

„Dumm ist nur, dass er anscheinend keine Angehörigen mehr hat. Damit wird dieser Job wohl an uns hängen bleiben"

„Du meinst, an den guten Kollegen aus der Internistischen Abteilung!"

„Stimmt, Du bist ja Chirurg. Alles, was sich nicht rausschneiden lässt ist nicht Dein Problem!"

Ich verkrümele mich ins Arztzimmer, mache es mir auf der unbequemen und viel zu kurzen Couch so gemütlich wie möglich und versuche, den Rest der Nachtschicht einfach nur zu überleben.

Hindösen im Halbschlaf.

Neonbleiche Nacht, bald schon früher Morgen.

Piiiiiiieps pieps pieps.

Reflexartiger Griff zum Hörer.

„Ja?"

Schwester Gerdi ist dran oben auf der Zwei.

„Immer noch im Dienst? Wir haben einen Ex!"

Ex steht für „Exitus Lethalis" und bedeutet „tödlicher Ausgang".

„Aha."

„War ein roter Punkt."

„Aha."

Erleichterungsseufzer.

Es gibt Krankenblätter mit roten und grünen Punkten. Grüner Punkt, das heißt Reanimation. Also: Sollte es kritisch werden, dann im Laufschritt hin, Kommandos bellen, Beatmung, Herzmassage, Infusionen und Intensivstation. Eine Menge Arbeit und Patient meistens nachher trotzdem tot.

Manche schwerstkranke und alte Patienten haben in ihrem Krankenblatt einen roten Punkt.

Roter Punkt das heißt: Wenn er stirbt, dann wird keiner versuchen, ihn zurück zu holen. Gehe hin in Frieden. Wenn er Glück hat, hält eine Schwesternschülerin Händchen, mehr passiert nicht.

„Okay, ich komme rüber."

Erst mal wach werden. Ich kann mir ja Zeit lassen.

Dann langsam rüberschlurfen.

Der Patient liegt in einem Nebenzimmer. Ich schlage das Laken zurück und er schaut mich mit glasigen Augen an. Natürlich schaut er mich nicht mehr an, schließlich ist es mein Job, genau das festzustellen.

Zurück zum Schwesternzimmer.

„Alles klar, immer noch tot!"

Griff zur Kaffeemaschine.

„Milch und Zucker?"

„Priester? Angehörige?"

Auf dem Krankenblatt finde ich die Telefonnummern.

Die Schwestern werden ihn jetzt hübsch zurechtmachen und ihm einen Blumenstrauß in die Hand drücken. Ich habe nie begriffen, wozu dieser Blumenstrauß gut sein soll.

Ich schlurfe wieder zurück. Inzwischen ist es halb sieben. In einer halben Stunde kommt die Ablösung. Schlafengehen lohnt sich nicht mehr.

Piiieps!

„Was gibt's, Gerdi?"

„Immer noch im Dienst?"

Grummel.

„Der COLE-Patient von vorhin...."

„Ja?"

„Blutgase sind wesentlich besser. Ist wohl über das Gröbste hinweg."

„Und?"

„Seine Frau war da. Hat sich ganz herzlich bedankt und mich gebeten, den Dank an Dich weiterzuleiten!"

19.)

„Also, bei Selbstmördern komm ich mir, ehrlich gesagt, immer ziemlich verarscht vor!" sagt Schwester Anna und schiebt mir die Karte mit den Patientendaten rüber.

Ich lege die Zeitung weg.

„Wie hat er's denn angestellt?"

„Bloß 'n bisschen an den Handgelenken rumgeschnitzt!"

„Und?"

„Drei Dosen Bier und 'ne halbe Flasche Wodka. Zweieinhalb Stunden her."

Ich schiebe die Kaffeetasse weg, erhebe mich seufzend und gehe die paar Schritte zum Aufnahmezimmer, wo dieses Jüngelchen auf seiner Trage daliegt wie ein Häufchen Elend.

„Was ist denn los, guter Mann?"

Keine Antwort.

Ich ziehe mir Gummihandschuhe an und wickele den Verbandsstoff von den Handgelenken. Es gibt zwei Arten von Selbstmördern: Die einen meinen's ernst. Die Anderen wollen nur ein bisschen Aufmerksamkeit.

„Also, raus mit der Sprache: Ärger mit der Freundin, Schulden, Probleme mit den Eltern oder was sonst?"

Keine Antwort.

Ob er es wohl beim nächsten Mal endlich richtig macht? Nee, der nicht! Sieht so aus, als gehöre dieser Kerl in die Kategorie Nummer zwo. Wer da zuviel Mitgefühl zeigt, ist selber Schuld. Soll er sich doch bei der Telefonseelsorge ausheulen, wenn er keinen geeigneten Kumpel hat, aber bitte nicht bei mir!

„Wann war denn die letzte Tetanusimpfung?"

Ziemlich oberflächliche Wunden, brauchen noch nicht mal genäht zu werden.

„Gibt's irgendwen, den wir anrufen können?" fragt Anna.

Er nuschelt eine Telefonnummer und Anna verschwindet in Richtung Telefon.

„Können Sie sich vorstellen, so was noch einmal zu tun?"

Schweigen.

Dann ein Zischeln.

„Nächstes Mal spring ich vorn Zug!"

Ich schaue mich verstohlen um. Die Luft ist rein, Anna ist immer noch am Telefon.

„Das lässt Du schön bleiben!"

Ich schaue ihn so streng wie möglich an.

„Warum?"

„Es wäre nicht nett. Ich meine, dem Lokführer gegenüber!"

Ist es wirklich nicht. Da hatten wir nämlich mal so einen, dem ist das passiert. Hat daraufhin angefangen zu saufen und war im Job nicht mehr zu gebrauchen. Ziemlich traurige Geschichte, leider, aber das gehört jetzt nicht hierher.

„Is mir doch egal..."

Ich schau ihm direkt in die Augen.

„Also, jetzt hör mal gut zu, Junge. Der letzte Zug ab Bad Dingenskirchen Hauptbahnhof, der ist gerade um dreiundzwanzig Uhr fünfundvierzig abgefahren. Den hast Du verpasst. Wenn Du es ernst meinst, dann musst Du Dir jetzt eine Brücke suchen. Das sollte kein großes

Problem sein, denn Brücken gibt's hier in der Gegend genug. Aber such Dir eine Brücke, die hoch genug ist, sonst landest Du für die nächsten sechzig Jahre im Rollstuhl. Das nur so als Tipp, falls Du es ernst meinst. Aber Du meinst es nicht ernst!"

Er weicht meinem Blick aus und starrt ins Leere.

„Meine Freundin..." wimmert er leise. Aha, da rennt der Hase lang.

„...hat Schluss gemacht?"

Er nickt.

„Und hat jetzt einen Neuen?"

Er nickt abermals.

„Hast Du Geld dabei?"

Stirnrunzeln.

„Kennst Du das ‚Delirium'?"

Natürlich kennt er das ‚Delirium'. Wahrscheinlich hat er seine Ex genau dort kennen gelernt.

„Also, da ist heute Mexikanische Nacht. Eintritt frei und Tequilla für eins fünfzig. Wenn Du Glück hast, lernste heut Nacht noch 'ne Andere kennen und wenn nicht, dann kannste Dich für nen Zehner dermaßen vollaufen lassen, dass Dir hören und sehen vergeht. Okay?"

Ich stecke ihm verstohlen einen Geldschein in die Hosentasche.

„Aber bloß nicht das Maul zu weit aufreißen. Sonst wirst Du noch verdroschen. Und dann landest Du wieder bei uns, und das wollen wir beide nicht, oder?"

Er schaut mich mit großen Augen an.

„Und solltest Du doch wiederkommen, dann nicht vor sieben Uhr, Verstanden?

Er grinst.

Anna ist zurück gekommen.

„Wie geht's?", fragt sie mitfühlend.

„Ach, schon viel besser!" sage ich.

Der Junge ist inzwischen von der Trage aufgestanden und geht langsam in Richtung Ausgang.

„Er wird sich doch hoffentlich nichts antun?"

„Nein, das macht er nicht!"

Er dreht sich zu mir um. Ich winke ihm zu.

„Wir verstehen uns. Okay?"

20.)

Manchmal werden Träume wahr. Manchmal auch Alpträume. Und das, was vorhin wahr geworden ist, war das nun ein Traum oder ein Alptraum?

Aber ich will nichts vorwegnehmen. Immer mit der Ruhe, immer der Reihe nach.

Das Auto hält mit quietschenden Reifen.

Ein Privatwagen in der Krankenwagenauffahrt?

Türenknallen. Schritte auf dem Flur.

„Hallo? Gibt's hier keinen Arzt?"

Die resolute Mittvierzigerin ist sichtlich aufgeregt.

Ich gehe erst mal in Deckung, während meine Lieblingsschwester Anna langsam aufsteht und sich dem Gegner stellt.

„Es geht um meine Tochter!" hörte ich durch die geschwind geschlossene Tür.

„Ist sie schwanger?"

„Na, hoffentlich nicht!" poltert ein ebenso resoluter männlicher Endvierziger.

Die Antwort der Tochter kann ich nicht verstehen.

Ich öffne die Tür ein wenig und sehe eine ziemlich verschüchterte Teenagerin. Sie trägt einen weiten Wollpullover und ihr schmerzverzerrtes Gesicht bewegt mich, mich aus meiner Deckung hervorzuwagen.

Ich stelle mich kurz vor und verfrachte die Kleine auf die Untersuchungsliege. Mutti steht händeringend daneben, Vati muss draußen warten.

„Also, in welchem Monat bist Du denn?"

Sie starrt mich ungläubig an.

„O mein Gott, sie ist gerade mal sechzehn, natürlich hatte ich da meinen Verdacht und habe sie vor ein paar Wochen gefragt, bin doch schließlich auch nicht blöd, aber sie hat es abgestritten..."

„Wann ist es denn passiert?"

„...dreimal habe ich versucht, mit ihr zum Hausarzt zu gehen und immer wieder hatte sie eine Ausrede..."

„Wann war denn die letzte Regelblutung?"

Sie sagt noch immer kein einziges Wort. Ihr Gesicht ist kreidebleich.

„...seit fast einem Jahr trifft sie sich ständig mit diesem Kerl, und ich hab ihr doch immer wieder gesagt..."

„Nimmt sie die Pille?"

Natürlich nicht. Irgendwann mal was von Kondomen gehört?

Kurze Untersuchung, ein paar gezielte Fragen. Möglicherweise also tatsächlich im neunten Monat. Und die Bauchschmerzen.... wenn das keine Wehen sind! Ob wir noch Zeit haben für einen Ultraschall? Schnell zum Telefon, im Kreißsaal anrufen. Scheiße, von Gynäkologie habe ich nun wirklich absolut keine Ahnung. Kann irgendwer mal den Diensthabenden anpiepsen?

Draußen auf dem Flur tritt ihr Vater ungeduldig von einem Fuß auf den Anderen.

„Ist sie wirklich schwanger?" fragt er.

„Nicht mehr lange!" sage ich und greife zum Hörer.

Keine Minute später schieben wir das Mädchen in die Gyn.

Hebamme und der Gynäkologe haben die Situation voll unter Kontrolle.

Die Geburt verläuft ohne Komplikationen.

Die frischgewordene Mutter weint. Sie hält den kleinen Jungen im Arm, starrt ihn an und scheint es noch immer nicht glauben zu können.

„Sollen wir Deinen Freund benachrichtigen?"

Sie nickt.

„Das erledige ich schon... warte nur, Freundchen!"

Der soeben zum Großvater mutierte Vater greift zum Handy.

Er wählt eine Nummer.

„...ja, hallo?..."

Es scheint sich um eine Kneipe zu handeln. Der junge Mann am anderen Ende der Leitung sitzt wahrscheinlich mit Freunden in einer feuchtfröhlichen Runde.

Da wäre ich zu gerne dabei: Einfach mal so von Mann zu Mann gefragt - ist dem an seiner Freundin in letzter Zeit eigentlich nichts aufgefallen? Wie bescheuert muss man denn sein um das nicht zu merken?

„...jetzt setz Dich erst mal hin. Kann sein, dass Du jetzt einen Schnaps gebrauchen kannst!"

Der frischgebackene Großpapa klingt schon viel weniger wütend als vorhin. Gar nicht mehr gehässig.

„...wir sind hier im Kreißsaal. Dein kleiner Sohn ist wohlauf."

Was mag wohl am anderen Ende der Leitung vor sich gehen? Zu gern hätte ich jetzt sein Gesicht gesehen.

Nebenan höre ich das Baby schreien.

Herzlich willkommen auf der Welt!

21.)

Seit über zwölf Stunden habe ich nichts anderes als Kaffee zu mir genommen. Kaffee schwarz, Kaffee mit Milch, Kaffee mit viel Milch und Zucker. Mein Magengeschwür freut sich.

Ich schau auf die Uhr. Noch hab ich Zeit... noch geht es. Noch zehn Minuten lang hat die Kantine auf.

Ein Blick auf den Piepser, der schweigt gerade. Also schnell die Gelegenheit beim Schopf packen.

Runter in den Keller.

Mittagessen gibt's von zwölf bis zwei. Nun sind wir ein fortschrittliches Krankenhaus. Will sagen, die Kantine ist nicht nur der Belegschaft vorbehalten, sondern darf auch von Patienten und Angehörigen genutzt werden. Ein echter Service-Betrieb. Dagegen ist nichts zu sagen. Die Verwaltung freut sich über die zusätzlichen Einnahmen.

Wir freuen uns auch, denn die Schlange vor der Essensausgabe ist länger geworden. Vor allem kurz vor Schluss kann es oft recht lange dauern.

Diesmal windet sich die Schlange bis weit in den Flur hinaus. Ich warte mich geduldig nach vorn.

Nehme mir ein Tablett und Besteck.

Schnitzel mit Pommes?

Ausverkauft.

Toter Fisch mit Kartoffeln?

Ausverkauft.

Was gibt's denn noch? Leider nur noch Menü drei. Ich frage lieber nicht, was da drin ist. Also gut. Dann halt Menü drei. Hauptsache, es geht schnell. Ich greife mir einen Teller, die weißbemützte Küchenmatrone schaufelt einen Klatsch braunbreiiger Masse mit Klümpchen darauf. Dazu gibt's eine Schaufel Kartoffeln und ein Plastikschälchen mit Essig, in welchem ein paar Salatblätter schwimmen.

Jetzt nur noch bezahlen. Noch trennen mich zehn Leute von der Kasse. Jeder wird erwartungsgemäß mindestens zehn Sekunden brauchen zum Bezahlen. Macht hundert Sekunden. Wenn jetzt mein Piepser geht...

und da geht er auch schon. Aufs Display geschaut: Station Zwo. Aber sicher doch!

Auch wer von Amts wegen damit beschäftigt ist, auf weißbekittelte Weise Leben zu retten muss ab und zu Treibstoff nachfüllen. Viel länger als ein Formel-Eins-Boxenstop darf es allerdings nicht dauern. Also nehme ich die Gabel und fange an, das Essen in mich reinzuschaufeln. Menü drei schmeckt so, wie es aussieht. Keine Ahnung, was drin ist. Wenn ich nach hundert Sekunden an der Kasse angekommen bin, ist der Teller leer.

Patienten und Besucher, die in der Schlange hinter mir warten, glotzen mich verständnislos an. Ich zahle, schiebe das leere Tablett in den Rollwagen zurück und hechte zum nächsten Telefon, bevor der Piepser erneut losgeht.

„Was gibt's Schönes, liebe Gerdi?"

„Von der Patientin auf Zimmer siebzehn fehlt das Labor!"

Ich mache mich auf den Weg nach oben.

Diese fünfundsiebzigjährige Dame von Zimmer siebzehn sieht ungefähr so aus, wie man sich eine Hexe vorstellt: Dürr und kleinwüchsig mit Buckel, lange schlohweiße Haare und den ganzen Körper voller brauner Warzen. Fehlen nur noch der Hut und der Zauberstab..

Sie hat einen Tumor im Dickdarm und soll heute dran kommen. Aus unerfindlichen Gründen sind die Ergebnisse der Bluttests im Labor verlorengegangen und ich muss ihr noch mal Blut abnehmen, während sie gerade in der Badewanne sitzt.

Anschließend gehe ich runter zum OP und schleuse mich ein.

Dr. Biestig ist schon da, steht am Waschbecken, schneidet sich die Fingernägel und flucht herum, weil die Patientin immer noch nicht schläft. Und die Tatsache, dass das Labor verschütt gegangen ist, ist auch nicht gerade geeignet, ihn zu besänftigen.

„Wir haben noch Zeit", sagt Schwester Hilde.

Stefan Wozniak kommt rein und deutet mir mit einer Kopfbewegung an, in die Küche zu kommen.

„Lass den Biestig ruhig allein fluchen!"

Wir genehmigen uns ein paar Schluck Kaffee.

„Mach Dir nichts draus. Der meint's nicht so." sagt Stefan

„Warum muss er ständig seine schlechte Laune an uns auslassen?"

„Er darf das. Er ist Oberarzt."

Stefan klopft mir auf die Schulter.

„So ein Krankenhaus ist ein kompliziertes Gebilde. Diese Hierarchie mag Dir am Anfang übertrieben und lächerlich vorkommen. Aber nach einiger Zeit wirst Du lernen: Es funktioniert ganz gut so, wie es ist. Der Chef muss den Kopf hinhalten für alle von uns. Das kann er nur, wenn er weiß dass wir tun, was er uns sagt. Auch ein Oberarzt hat eine Menge Verantwortung. Und Du bist neu hier im Haus. Was wir von Dir zu halten haben, wissen wir noch nicht. Wir werden Dich beobachten... "

Er trinkt aus und stellt seine Kaffeetasse in die Spüle.

„Las uns wieder rüber gehen. Biestig wäscht sich schon!"

Am Waschbecken gibt's keine Nagelbürsten mehr.

„Na, dann holen Sie doch eine von nebenan, Herrgottverdammichnochmal!"

Immer schön ruhig bleiben!

Waschen, Kittel anziehen, Abdecken, Schnitt.

Stefan operiert. Hautschnitt. Dann durch die verschiedenen Schichten der Bauchwand-Muskulatur. Das ist nicht einfach: Die Patientin ist offensichtlich schon mehrmals vorher operiert worden und alles ist voller Verwachsungen und Narbengewebe.

Stefan wurstelt sich durch, bleibt ruhig und scheint den Überblick zu behalten. Biestig ist gereizt und grummelt leise vor sich hin. Stefan findet den Tumor und legt die Resektionsgrenzen fest. Spricht kaum ein Wort. Löst Verwachsungen, präpariert und skelettiert.

Nur einmal schaut er kurz auf. Präpariert einen kleinen Lymphknoten frei, schneidet ihn heraus, gibt ihn der Schwester.

„Metastase." stellt er fest.

„Na, ob das wirklich eine ist?" fragt Biestig und wirkt jetzt fast wohlwollend.

Stefan sagt nichts.

Schwester Hilde steckt den Lymphknoten in ein Plastikröhrchen, welches sie verschließt und an Sonja weiterreicht.

„Bitte beschriften und in die Pathologie schicken!"

Stefan macht weiter: Die Hälfte des Dickdarms wird entfernt, die Enden wieder miteinander verbunden. Damit ist das Ärgste vorbei, jetzt nur noch Drainageschläuche einlegen und zunähen. „Danke, das können wir schon allein!" sagt Stefan.

Biestig ist ganz froh, gehen zu können.

Stefan schaut auf.

„Ich weiß nicht, ob es wirklich eine Metastase war. Vielleicht lag ich falsch..."

Er nimmt mir den Haken aus der Hand und gibt mir eine Schere.

„...Für die Patientin geht es um leben oder nicht leben. Macht also einen gewaltigen Unterschied. Ohne Tochtergeschwülste hat sie eine gute Chance, die nächsten fünf Jahre zu überleben. Wenn es eine Metastase war, dann liegt sie spätestens in zwei Jahren auf Station dreizehn!"

Station dreizehn ist die Leichenhalle im Keller. Das habe ich letztens in einem Nachtdienst erfahren, als Schwester Anna nach einer erfolglosen Reanimation den Hol-und-Bringedienst für „einen Transport nach Station dreizehn" herbeizitierte.

„Wir Ärzte haben eine große Macht!" fährt Stefan fort, während er die erste Haut-Naht setzt.

„Metastase oder nicht Metastase, an diesem einen Wort entscheidet sich das Schicksal eines Menschen. Wir Ärzte stellen nur nüchtern fest. Wir entscheiden, wie radikal wir operieren wollen und welche Therapie wir dem Patienten angesichts welcher Prognose noch zukommen lassen oder was wir sein lassen."

Ich schneide den Faden ab und er setzt die nächste Naht.

„Früher nannte man uns deshalb Halbgötter in Weiß!" sagt er.

„Aber die Zeiten sind ja wohl lange vorbei!" wirft Schwester Hilde ein.

Stefan nickt.

„Du hast Recht. Heute sind wir maximal noch Viertelgötter."

22.)

Nachtdienste können lang sein.

Die Aussicht, am nächsten Morgen weiterarbeiten zu müssen ist grausam.

Aber dann noch eine Fortbildungsveranstaltung am späten Nachmittag, das ist Folter.

Es gibt kein Entrinnen: Anwesenheit ist Pflicht für Ärzte und Pflegepersonal und der Chef persönlich kontrolliert, dass auch ja keiner ohne guten Grund schwänzt.

Der hochwohlberühmte Professor Soundso von der Uniklinik Weissgottwohausen die Ehre, zu uns niederen Standesvertretern zu sprechen. Unsere Piepser dürfen wir diesmal ausschalten, um den Vortrag nicht zu stören.

Ab und zu gibt's bei solchen Gelegenheiten Brötchen, wenn ein mitleidiger Pharmareferent welche spendiert. Heute aber nicht. Der weniger mitleidige Pharmareferent hat noch nicht einmal Kugelschreiber mitgebracht, sondern nur ein paar Hochglanzprospekte. Die nimmt man sich artig mit und lässt sie unauffällig in den nächsten Papierkorb gleiten.

Chef steht auf und schaut in die Runde.

„Sind wir vollzählig? Gut. Ich danke Ihnen, dass Sie sich die Mühe gemacht haben zu uns zu kommen und möchte Ihnen das Wort erteilen...“

Der Professor bedankt sich und fängt an zu reden.

Draußen scheint die Sonne. Damit es nicht blendet, sind die Vorhänge zugezogen. Und die Fenster sind verschlossen, denn sonst würden die Vorhänge flattern. Klimaanlagen gibt es in Bad Dingenskirchen nicht. Klimaanlagen sollen eh ungesund sein.

Das Thema? Keine Ahnung, hab ich vergessen, ist auch unwichtig.

Die Luft ist zum schneiden. Die Raumtemperatur steigt mit jeder Minute weiter an. Das Halbdunkel wirkt einschläfernd. Meine Augenlider werden schwer. In der Reihe vor mir dösen ein paar OP-Schwestern vor sich hin.

„...Sie sehen, wie wichtig es ist, zu unterscheiden....“

Ich schaue verstohlen auf den Programmzettel. War da irgendwo eine Kaffeepause vorgesehen?

Jetzt gibt's zunächst nur Dias.

Die Dias sind blau, mit weißer Schrift darauf. Blau wie der Himmel über der Südsee. Weiß wie kleine Kumuluswölkchen oder wie der Sand am Sonnenstrand.

Sonne, Meer und Strand... da wäre ich jetzt gern, vielleicht zusammen mit Sonja, die links vor mir in der Ecke sitzt. Wenn ich mich zurücklehne, ist alles um mich herum plötzlich weich und warm...

Von draußen her höre ich gedämpft den Verkehr auf der Hauptstraße. Wie das Rauschen der Brandung....

„...Und kommen wir zum nächsten Thema....“

Ups? War ich eingeschlafen?

Auf den Dias ist ja gar kein Strand zu sehen, sondern nur winzig kleine Buchstabenkolonnen. Weiß auf blauem Grund. Und Pfeile. Worum geht es, bitte, noch mal?

Die Stimme hat etwas angenehm Beruhigendes. Gleichmäßig dahinplätschernd... Ich will die Augen offen halten und konzentriere mich auf das Gesicht des Dozenten. Schaut er uns überhaupt an? Und was war jetzt mit der Kaffeepause?

„...Bevor wir mit dem nächsten Punkt weitermachen...“

Moment mal!

„...Gibt es irgendwelche Fragen?"

Jetzt!

Meine Chance!

Ich hebe die Hand.

„Herr Professor, könnten wir vielleicht eine kurze Pause machen?"

Alles dreht sich zu mir her um. Zustimmendes Gemurmel.

„Tja... wenn Sie meinen...."

„Wie wäre es mit einer Kaffeepause?" fragt Stefan Wozniak.

„Macht Ihr mal weiter, ich habe leider einen Termin!" sagt der Chef. Sagt's, steht auf und geht.

„Okay, wer will nen Kaffee?"

Ich rase hinaus zur Notaufnahme. Werfe die Kaffeemaschine an. Marke Herzklabaster extrastark. Fünf Minuten später bin ich mit einem Tablett voller Tassen wieder zurück.

Die Anzahl meiner Kollegen hat sich inzwischen deutlich verringert.

„...Ach, ich muss dringend in den OP..."

„...bin grad von der Oberschwester angepiepst worden..."

„...Sehr interessanter Vortrag, Herr Professor, wenn Sie gestatten, bin sofort wieder zurück..."

„Milch und Zucker, Herr Professor?"

Er bedankt sich.

„Meinen Sie, wir sollten Schluss machen für heute?"

„Sie haben doch die wichtigsten Punkte noch gar nicht erwähnt!"

„Tja... aber...."

Ich schau mich um. Außer uns beiden ist nur noch Sonja übrig geblieben, und die schläft den Schlaf der Gerechten. Ob sie wohl von mir träumt?

23.)

„Als *Arzt im Praktikum'* ist man der Arsch vom Dienst!" sagt Uwe und wirkt ziemlich genervt.

Da ist es ziemlich gut fürs Ego, wenn ab und zu jemand aufkreuzt, der noch weniger Ahnung hat. Studenten zum Beispiel.

Studenten stehen außerhalb der Krankenhaus-Hierarchie. Sie kreuzen auf, stecken einen Monat lang ihre Nasen herein, stehen uns im Weg herum, wollen alles wissen und überall dabei sein.

Manche Studenten sind dynamisch, enthusiastisch und lernbegierig. Manchmal sind sie auch weiblich, jung und hübsch und man kann ganz nett mit ihnen flirten. Und manchmal sind sie sogar nützlich. Wenn man nett zu ihnen ist, sind sie ab und zu sogar Gold wert.

„Komm, ich zeige Dir das blühende Leben auf der Notaufnahme!"

Kathrin wird uns einen Monat lang begleiten. Ich habe ihr das Nähen von Wunden beigebracht und seitdem ist sie ganz scharf darauf.

Und da ist auch schon ein prächtiges Studienobjekt! Das Objekt liegt auf der Untersuchungsliege und blutet vor sich hin. Riecht drei Meter gegen den Wind nach Alkohol. Obwohl es mit dem Gesicht zur Wand liegt und keine Anstalten macht, sich umzudrehen. Um den Kopf herum ist ein Verband gewickelt, den haben die Sanis ihm fachmännisch verpasst. Ursprünglich war der wohl mal weiß gewesen, wie alle Verbände dieser Welt, aber langsam und allmählich geht das Weiß in Rot über.

Ich bin schon lange auf den Beinen und fühle mich müde und ausgelaugt. Könnte eine Pause vertragen. Kathrin dagegen ist begeistert.

„Also gut, Kathrin, mach Dich ans Werk. Beweis Dein Können. Darf ich vorstellen, das hier ist Herr.... hmm.... seinen Namen hat er uns leider noch nicht gesagt..."

Kathrin nickt.

„ Auf geht's! denn mal los!"

Kathrin tippt ihrem Opfer sanft auf die Schulter.

„Guten Tag...."

Keine Reaktion.

„...Guten Tag, ich heiße Kathrin, bin Medizinstudentin und würde Ihnen gerne ein paar Fragen stellen...."

Immer noch keine Reaktion. Stattdessen blutet er weiter.

„...darf ich fragen, wie das passiert ist?"

Keine Reaktion.

„Haben Sie Alkohol getrunken?"

Keine Reaktion.

„Sie bluten. Darf ich mal nach der Wunde schauen?"

Sie will sich über den Patienten beugen, aber ich halte sie zurück.

„Stop! Nicht so stürmisch. Was fällt Dir an diesem Patienten auf?"

Kathrin schaut mich mit großen Augen an.

„Der Haarschnitt. Vorn kurz, hinten lang, Oberlippenbart. Vokuhila-Oliba nennt man das. Er trägt ein Goldkettchen um den Hals, dicke Goldringe an beiden Händen und Cowboystiefel. Gefunden haben ihn die Sanis vor dem *,Delirium'.* Das bedeutet?"

Sie zuckt mit den Schultern.

„Kannst Du schon eine Diagnose stellen?"

Kathrin schaut mich erwartungsvoll mit großen Augen an.

„NFBD" sage ich, „weißt Du, was das bedeutet?"

Kathrin lächelt hilflos.

„NFBD," wiederhole ich, „das heißt *normal für Bad Dingenskirchen'*. Mit anderen Worten: Vorsicht! Immer schön außerhalb der Reichweite seiner Fäuste bleiben!"

Ich ziehe mir Gummihandschuhe an und deute Kathrin an, Gleiches zu tun. Dann nähere ich mich vorsichtig dem Verband und hebe eine Ecke leicht an.

„AAAAAAUtsch!"

Ein markdurchdringender Schrei gellt durch das Haus. Ich kann grad noch in Deckung gehen, da springt der gute Mann auch schon auf, reißt die Augen auf und schaut mit glasigem Blick um sich.

„Die Wunde muss genäht werden!" sage ich.

Er grummelt etwas Unverständliches.

„Kannst Du mir sagen, was passiert ist?"

„Hab 'n paar auf die Schnauze gekriegt!"

Er legt sich wieder hin und dreht sich mit dem Gesicht zur Wand.

„Darf ich die Schnauze mal sehn?"

„Nein!"

„Warum nicht?"

„Da lieg ich grad drauf!"

„Und wenn Du Dich mal umdrehen würdest?"

Keine Reaktion. Na, immerhin kommen wir jetzt besser an die Platzwunde am Hinterkopf dran. Ich wiederhole:

„Deine Wunde am Kopf muss genäht werden, ist das OK?"

Grummel. Eine Sekunde später schnarcht er tief und fest.

„Also gut, Kathrin, Du weißt ja, wie es geht. Ich komm dann in zehn Minuten wieder!"

Kathrin nickt und ist ein wenig stolz.

Ich rücke ihr die Lampe zurecht und richte das Tischchen her mit Werkzeug, Betäubungsspritze, sterilen Tupfern und Nahtmaterial.

„Du kommst klar?"

Sie nickt.

Ich gehe nach nebenan und trinke 'nen Kaffee.

Sie scheint wirklich allein zurecht zu kommen, zehn Minuten später ist die Wunde einwandfrei genäht und der Patient schnarcht immer noch tief und fest.

„So, und jetzt zum Röntgen! Du brauchst ihn einfach nur rüberzuschieben, dann schauen wir uns nachher zusammen das Bild an."

Ich gehe zurück in die Küche.

Zehn Minuten später kommt Kathrin völlig verzweifelt hereingestürmt.

„Der Patient... er will nicht!"

Na, das wollen wir doch mal sehen, wer hier was zu wollen hat!

Ich gehe rüber. Stoße ihn an.

„Hey, wir müssen Dich noch röntgen, okay?"

Grummel.

„Also los!"

Er springt auf.

„Fass mich nicht an! Oder Du kriegst eins in die Fresse!"

Er steht auf.

„Wohin wollen Sie?" fragt Kathrin.

„Muss Pissen!"

„Aber erst noch Röntgen, bitte!"

„Nix Röntgen. Wo kann ich pissen?"

Er torkelt den Flur entlang, Kathrin hinterher.

„Zur Toilette geht es aber in die andere Richtung..."

Er folgt der Blutspur zur Pforte und ist eine Sekunde später durch die Tür. Stellt sich breitbeinig vor den Blumenkübel und knöpft die Hose auf.

„Aber Sie können hier nicht..."

„D..du hälssst mal sch...ön das Maul, sonsssst lang ich Dirn paar..."

Ehe Kathrin oder ich ihn daran hindern können, hat er schon die krankenhauseigenen Geranien gewässert.

„So, und jetzt gehen wir aber zum Röntgen, oder?"

„Nix R..röntgen... ich hab genug an...anderes zu tun!"

Er dreht sich um und wankt aus dem Gesichtsfeld.

Verschwindet in der Bad Dingenskirchener Nacht.

„Nimms nicht tragisch!" sage ich zu Kathrin.

Eine Stunde später ist er eh wieder da. Irgendwer hat ihn irgendwo blutend auf der Strasse gefunden und einen Krankenwagen gerufen. Die Sanis grinsen süffisant.

Gottseidank ist er diesmal viel zu besoffen um Einwände gegen das Röntgen zu machen.

Aber was sollen die armen Röntgen-Leute jetzt mit ihm anstellen? Das kann man auch morgen Früh noch machen... oder sein lassen. Lassen wir ihn einfach irgendwo ausschlafen. Ich rufe oben auf der Zwei an.

„Gerdi! Kundschaft für Euch!"

24.)

Es gibt Fortbildungsveranstaltungen, vor denen man sich drücken will, wenn man kann. Es gibt aber auch welche, zu denen man gerne geht. Ab und zu gibt es sogar echte Highlights. Nein, natürlich nicht jene gähnend langweiligen Vorträge im muffigen Krankenhauskeller, bei welchen die Anwesenheitspflicht vom Chef mit Argusaugen überwacht wird. Meilenweit daneben! Ort der Handlung ist diesmal der Konferenzsaal im besten Hotel von Bad Dingenskirchen. Zutritt nur für geladene Gäste. Und geladen ist längst nicht jedermann. Gemeines Fußvolk wie unsereins hat hier eigentlich - zumindest streng genommen - nichts verloren. Das Thema ist hochinteressant und brisant. Der Referent ist eine hochkarätige Koryphäe auf seinem Gebiet. Nur wichtige Entscheidungsträger wurden eingeladen: Chef, Oberarzt und Fachärzte. Das Proletariat muss draußen bleiben.

Na gut, manchmal kommt man auch auf Umwegen zu einer jener hochbegehrten blauen Eintrittskarten aus handgeschöpftem Karton: Stefan Wozniak ist hochkarätig genug und hat gottseidank Besseres vor.

„Der Abend gehört meiner Familie!"

Sagt's, steckt mir seine Karte zu und grinst dabei.

„Schau's Dir an, wenn du magst. Nach dem Vortrag gibt's Abendessen mit fünf Gängen und vier Sternen. Aber lass Dir den Appetit nicht verderben!"

„Gibt's da eine Kleiderordnung?"

„Na ja, zieh halt nicht unbedingt Deine aller-älteste Jeans an, wenn's geht..."

Also dann doch besser dunkles Jackett und Krawatte. Overdressed ist man nie bei solchen Gelegenheiten.

Im Foyer des Hotels findet sich dann die geballte Kompetenz: Schwarze Anzüge, weißes Haar und graue Eminenzen. Chef und Biestig machen Konversation bei Sekt und Canapés.

Ich fühle mich ein wenig fehl am Platze. Ich stopfe mir noch eine handvoll Erdnüsse in den Mund, dann nehme ich mein Glas und will mich in eine stille Ecke verdrücken - bis ich plötzlich Uwe und Marion entdecke.

„Das ist ja eine Überraschung! Wie habt Ihr denn....?"

Uwe legt geschwind seinen Zeigefinger auf den Mund.

Verschwörerisches Grinsen. Marion holt schnell noch eine Runde Sekt.

„Meine Damen und Herren, darf ich bitten...."

Wir betreten den Konferenzsaal und setzen uns in die letzte Reihe.

„Es ist mir ein ganz besonderes Vergnügen, den Redner des heutigen Abends vorzustellen, einen hervorragenden Experten auf seinem Gebiet..."

Gespannte Stille.

„...das Thema des heutigen Abends lautet: Verdächtige Todesfälle - ein Erfahrungsbericht aus der Rechtsmedizin."

Der Redner tritt unter Beifall ans Pult.

„Meine Damen und Herren, ich bedanke mich für Die Einladung...."

Und dann legt er los.

Erstes Dia: eine schrecklich verkrümmte Leiche inmitten einer Wohnung, deren Unordnungsgrad selbst den meines eigenen Zimmers zu schlimmsten Studentenzeiten um ein Vielfaches übersteigt.

„Was sagen Sie hierzu? Nun, ein ganz gewöhnlicher Drogenabhängiger, der sich eine Überdosis gespritzt hat. Kein Gewaltverbrechen in diesem Falle. Aber schauen Sie mal weiter..."

Die nächste Leiche hat ein Loch im Kopf. Klare Diagnose: Schussverletzung. Weiter geht's: Erstechen, Erhängen und Erdrossen.

„...Ich bitte, dies zu beachten, meine Damen und Herren, Erhängen ist nicht das Gleiche wie Erdrosseln. Es gibt da Unterschiede, wie Sie sehen..."

Spannender als ein Fernsehkrimi, grausamer als jede Nachrichtensendung. Erwürgen, Erschlagen, Ersticken. Nichts, was es nicht gibt. Und dann kommen wir zu den Sexualmorden:

„Wer sorglos sein Erbgut am Tatort hinterlässt, ist selber schuld. Erinnern Sie sich noch an diesen berüchtigten Serienkiller damals vor einigen Jahren? Bei seinem letzten Mord hatte er Nasenbluten. Hat sich in ein Taschentuch geschnäuzt und dieses achtlos weggeworfen. Das war sein Fehler! Wir haben DNA-Tests bei unseren üblichen Verdächtigen gemacht und so hatten wir ihn bald hinter Schloss und Riegel."

Verbrennen, Ersäufen:

„Eine aufgedunsene Wasserleiche ist leider kein schöner Anblick, ich bitte daher um Entschuldigung für die Bilder, aber ich möchte Ihnen einen möglichst vollständigen Überblick geben..."

Zwei Plätze neben mir steht jemand auf und geht, weil ihm übel ist.

Vergasen und vergiften:

„Meine Damen und Herren, wenn ich mir diese Bemerkung erlauben darf, wir treffen immer wieder auf Täter, die mit beachtenswertem medizinischem Wissen zur Tat schreiten, einige dürften sogar aus unseren Kreisen stammen..."

Noch ein paar eindrucksvolle Bilder, dann Applaus.

Zum Schluss ein paar Fragen aus dem Publikum.

„Herr Professor, gibt es so etwas wie den perfekten Mord?"

Der Herr Professor grinst breit. Seine Augen leuchten.

„Selbstverständlich gibt's den!"

Gespannte Stille.

„Aber Sie glauben doch wohl nicht ernsthaft, dass ich Ihnen an dieser Stelle verrate, wie es geht!"

Befreiendes Lachen im Publikum.

„Herr Professor, haben Sie denn selber schon mal....?"

Nur ein paar vereinzelte Lacher. Der Professor bleibt ernst.

„Lieber Kollege, meine sehr verehrten Damen und Herren, diese Frage möchte ich an Sie zurückgeben: Wer von Ihnen ohne Schuld ist, der werfe den ersten Stein!"

Beklemmendes Schweigen.

Stille.

Den Anwesenden ist das Lachen im Hals stecken geblieben.

Dann gibt es Abendessen.

Uwe, Marion und ich suchen uns einen Katzentisch, schön am Rand und nehmen Platz. Der aufmerksame Kellner gießt Wein ein und bringt die Vorspeisen.

Fünf Gänge und vier Sterne hat Stefan gesagt – es sieht ganz danach aus, als sei das kein leeres Versprechen gewesen. Trotzdem stochern wir eher lustlos in unseren Krabbencocktails herum.

„Hoffentlich hat da keiner was reingemischt!" sagt Uwe.

„Es gibt Kollegen, denen würde man so was durchaus zutrauen." sage ich.

Marion schaut in die Runde.

„Was mich ja mal interessieren würde...." sie senkt ihre Stimme, „...wie viele Leichen mögen die versammelten Kollegen hier wohl im Keller haben?"

„Du meinst, wie viele Rechtsmediziner schon perfekte Morde begangen haben?" frage ich.

Marion schüttelt den Kopf.

„Das meine ich gar nicht mal. Ich meine die Leichen, die Du und ich und wir alle schon im Keller liegen haben...."

Ich lasse mein Besteck fallen.

„Du hast...??"

„Du und ich und wir alle haben unsere Leichen im Keller!" fährt Marion ungerührt fort, „Wenn du ehrlich bist - wie oft hast Du schon einen Fehler gemacht?"

„Ich habe noch keinen umgebracht!" sagt Uwe schnell.

Marion schaut zuerst ihn, dann mich mit unschuldigem Blick an.

„Wirklich nicht? Noch nie bei einem Notfall zu spät reagiert? Noch nie einem Patienten den falschen Rat gegeben weil Du es nicht besser wusstest?"

„Aber davon stirbt man doch nicht gleich!"

Marion schüttelt den Kopf.

„Nein, nicht gleich. Aber manchmal wandeln wir auf einem ziemlich schmalen Grat. Treffen wir nicht täglich Entscheidungen über Leben und Tod?"

Ich denke an Stefan und die Sache mit der Lymphknotenmetastase. Wenn die Patientin eine Überlebenschance hat, wird man ihr die bestmögliche Therapie anbieten: Operation, Bestrahlung und Chemo-Therapien, welche schmerzhaft sind und extrem unangenehme Nebenwirkungen haben. Wenn die Krankheit hingegen so weit fortgeschritten ist, dass die Patientin von vorn herein keine Chance mehr hat, dann würde man ihr dies alles ersparen. Aber wer entscheidet, ob die Patientin noch Chancen hat oder nicht?

„Wir Ärzte können Leute zum Tod verurteilen!" sagt Uwe.

„Und manchmal haben wir die unangenehme Pflicht einem Menschen so ein Todesurteil zu verkünden..." fährt Marion fort.

„Ja, aber manchmal können wir ein drohendes Todesurteil doch auch abwenden!" sagt Uwe, „und das macht den Beruf so faszinierend..."

Der Kellner räumt die Vorspeisen ab.

„...und gerade als Chirurg siehst Du doch eine Menge Patienten, deren Probleme heilbar sind. Hast Du ein Problem, dann schneide es raus! Operieren lernen ist eben etwas Einzigartiges..."

Ich unterbreche ihn.

„Jetzt mach aber mal halblang, Kollege! Rein technisch gesehen ist so eine Blinddarmoperation auch nicht anspruchsvoller als eine simple Autoreparatur."

„...aber es gibt einen kleinen Unterschied: Wenn ein Automechaniker etwas verbockt, dann gibt's schlimmstenfalls Blechschaden. Wenn ein Chirurg etwas falsch macht, dann steht ein Menschenleben auf dem Spiel!"

„Um es auf einen Punkt zu bringen: Wir sind Ärzte geworden, weil wir Helden sein und Leben retten wollen!"

Uwe durchschaut meine Ironie und grinst.

„...na ja, Leben retten und so, weißen Kittel tragen, ab und zu mal pinkeln gehen, Rotwein trinken..."

Marion hebt ihr Glas.

„Leben retten, Leben lassen und versuchen, selber am Leben bleiben - in diesem Sinne, Prost, auf unsere Zukunft!" sagt Uwe.

„Arzt sein und doch Mensch bleiben!" sage ich leise, „Was haltet Ihr davon?"

Wer ist Medizynicus?

Medizynicus ist Arzt.

Er arbeitet in einem Krankenhaus irgendwo in diesem unseren Lande.

In seinem Pass steht natürlich ein anderer Name.

Der Chef würde ihn wahrscheinlich auf der Stelle feuern, wenn er dies hier läse. Der Oberarzt würde einen Tobsuchtsanfall kriegen und die Patienten nach ihren Rechtsanwälten schreien.

Kurz und gut: Wir hätten unseren nächsten Ärzteskandal.

Medizynicus mag seinen Job.

Er mag seine Kollegen und er mag seine Patienten... na ja, jedenfalls die meisten.

Manchmal fallen ihm Dinge auf, die er für bemerkenswert hält. Manchmal erlebt er Geschichten, bei denen er schmunzeln muss. Manchmal ärgert er sich auch.

Ab und zu erfindet er Geschichten, und die schreibt er dann auf. Er meint es nicht böse. Er möchte seine Kollegen und seine Patienten nicht verletzen und er möchte vor allen Dingen nicht, dass die Einwohner seines Wohnortes glauben, im örtlichen Krankenhaus gehe es wirklich so zu wie in diesem Buch. Deshalb bleibt Medizynicus lieber anonym.

Die Geschichten in diesem Buch sind rein fiktiv, eventuelle Übereinstimmungen mit real existierenden Personen und Ereignissen sind nicht beabsichtigt und daher zufällig.

Medizynicus freut sich über Anregungen, Kommentare und Meinungen und vor allem auch über Geschichten von Kollegen und Patienten welche vielleicht Ähnliches, vielleicht aber auch ganz andere Dinge erlebt haben, in Bad Dingenskirchen oder anderswo.

Man kann ihm eine Email schicken:
feedback@medizynicus.de

Wo bekommt man dieses Buch?

...eigentlich überall, wo es Bücher gibt, und zwar:

1.) In jeder gutsortierten Buchhandlung. Nach Nennung von Autor, Titel und ISBN lässt es sich in jeder Buchhandlung bestellen und ist innerhalb weniger Tage lieferbar.

2.) Im Online-Buchversand wie z.B. auf www.amazon.de

3.) Direkt beim Verlag über den Web-Shop von www.bod.de

4.) ...und natürlich auch – falls alle Stricke reißen – direkt beim Autor:
bestellung@medizynicus.de

Preis: € 7.-

Staffelpreise bei größeren Bestellmengen auf Anfrage.